TAKE
SHOBO

番の加護を刻まれて竜帝陛下に嫁いだら、激重な愛が待ってました

御厨 翠

Illustration
ウエハラ蜂

蜜猫
MitsunekoF

contents

イラスト／ウエハラ蜂

番《ツガイ》の加護を刻まれて
竜帝陛下に嫁いだら、
激重な愛が待ってました

プロローグ

今は昔。ドニ大陸の空は竜が支配していた。

大きな翼を羽ばたかせて飛行する姿は、雄大で美しかった。その一方で、未知の生物として人々に畏怖される存在でもあったが、二種族は空と大地という互いの領域を侵すことはなく、問題なく共存していた。

ところが、守られていた理《ことわり》は、ある日を境に破られる。

人間が、竜の子を攫《さら》ったのだ。

怒り狂った親竜は我が子を取り戻すべく、大陸に存在していた国々を火の海にした。愚かな人間によって亀裂が入った人と竜の間は、修復不可能かに思われた。

だが、攫われた竜の子を奪還し、親竜に返した人間がいた。時のレーリウス帝国皇帝である。

すべての人間を滅ぼす勢いで各国を襲撃していた竜は、子どもが返ってきたことでひとまず怒りを収めた。そして、山々に囲まれ自然が豊かなレーリウスの地に住まいを移すと、竜の王は人間の皇帝に不老長寿の加護を授けたのである。

ほかにも、竜の住まう土地は様々な恩恵が齎《もたら》された。それまで不毛の地だったレーリウスの大地には季節ごとに花が咲き、作物が育つようになった。

帝国に恵みを与えた竜は、レーリウスの帝国民にとって信仰の対象で繁栄の象徴である。

それから数百年にわたり帝国は他国と国交を断絶し、竜とともに生きている。

＊

アンリエットは自室の寝台の上で、ぼんやりと窓の外を眺めていた。

外は夜の闇に包まれ、しんと静まり返っている。月も雲間に隠れてしまい、部屋の中も薄暗かった。

夜は嫌いだ。弱気が足もとに忍び寄り、精神《こころ》を蝕《むしば》んでしまうから。

（わたくしはあと……どれくらい生きられるのかしら……）

王女として生を享《う》けてから十五年。その間、アンリエットの世界は寝台から見える景色がすべてだった。

不治の病に冒されていると知ったのは八歳のときだった。たいそう嘆いた父王は、王宮のみならず、国内外から優秀な医師を募ってアンリエットを診察させたが、誰しもが治療法を見出《みいだ》せなかった。

同年代の子どもらと茶会で話すことも、年ごろになれば当たり前に施されるだろう淑女教育も、病弱な身では望むべくもなかった。

その代わりに心の支えにしていたのが、両親と三歳年下の弟王子の存在。そして、五歳年上の侍女、ネリーだ。彼らは病床のアンリエットが明るく過ごせるように気を配ってくれていた。

両親と弟から聞く外の世界の話題は心が躍ったし、侍女が読み聞かせてくれる書物の内容にもわくわくしていた。

叶《かな》うならば、自分の足で大地を踏みしめ、自由に歩き回りたい。陽《ひ》の光を存分に浴び、人づてにしか知り得なかった世界の広さを感じてみたい。

だがそれは、今のアンリエットには不可能である。

医師からは〝不治〟と称された症状で一番重いのは、手足の自由が利かなくなることだった。幼いころは自力で起き上がることもできたのだが、年を重ねるにつれ全身が麻痺《まひ》していき、今では独力で動くことも叶わない。

(王女として、わたくしはお荷物でしかなかったわ)

病を発症してからというもの、王族の責務を果たせないままだった。弟王子が健やかに育っているのがせめてもの救いだが、最後に一度くらいは誰かの役に立ってからこの世を去りたいと願っている。

とはいえ、アンリエットにできることは少ない。せいぜい、家族やほかの皆の邪魔にならないよう眠ることだけだ。

「……ふ……っ」

自らのふがいなさに涙が出たが、拭うのも億劫《おっくう》になっている。

母譲りの銀糸のごとく繊細な髪は艶がなく、王族の証《あかし》である紫紺の瞳は生気を失って久しい。日に日にやつれていく自身を見るのが嫌で、もう長いこと鏡も覗《のぞ》いていなかった。

（いけないわ。こんなところをネリーに見られたら心配させてしまうのに）

そっと瞼《まぶた》を下ろしたアンリエットは、これまでの人生を思い返す。

病に冒されている以外は、家族や使用人たちの愛情を注がれて幸せに過ごした。少しずつ弱っていく姿を見せたくはなかったが、父母は公務の合間を縫ってアンリエットのもとを訪れては、『希望を捨てては駄目だ』と、手を握って何度も励ましてくれた。

弟は次期国王として剣術や治政を学ぶ多忙な中、『僕が学んだ知識を姉さまにもお伝えします』と、足繁《あししげ》く部屋に通っては話題を提供してくれた。

だからこそ、よけいに何もできない自分がつらい。

いずれそう遠くない未来に、アンリエットの命は尽きる。だが、悲観するのは自身の未来ではない。家族や使用人たちに感謝を伝え、これまでもらった愛情を返せないことがつらいのだ。

暗澹《あんたん》とした思いに駆られて、ますます気持ちが沈んでいく。

王女として何もできず、ただ周囲に迷惑をかけるだけの存在ならばいないほうがいい。そんなことを思ってはいけないと頭では理解しながらも、心が折れかけていた。

「……わたくしを天へ連れていかれるのなら、早くしてくださいませ」

神への祈りにも似た気持ちで呟《つぶや》いたときである。

「――ずいぶんと物騒な独り言だな」

（えっ⁉）

突如投げかけられた声に目を開くと、窓際に長身の男性が立っていた。

いつの間に入ってきたのか。いや、それよりも、この男はどこの誰なのか。

王城の警備は厳重で、特に王族の住まう区画や部屋の前は常に護衛の騎士が控えている。にもかかわらず、男は影のようにひっそりと目の前に現れた。

「あなたは……誰……？　どうして、ここに……？」

王城で危険な目に遭うはずがない。国で一番強固な護《まも》りを誇る場所だからだ。逆に言えば、城内に不逞《ふてい》の輩《やから》が侵入したときは、王家の、ひいては国の危機を表していることになる。

「王と王妃には許可をもらっている。心配するな」

抑揚なく告げられるも、混乱は深まるばかりだった。

夜更けに王族の部屋に立ち入ることを許されるなど、通常ではありえない。未婚であればなおさらだ。王女としての教育は不十分だが、その程度の常識は弁《わきま》えている。

しかし男は、アンリエットの困惑など気にも留めずに手を伸ばしてきた。

「熱いな」

冷たい指先で頬《ほお》に触れられ、びくり、と身体を震わせる。

また熱が上がったのだ。昼間は落ち着いていても、深夜は決まって魘《うな》されて何度も目を覚ます。それでも人を呼ばないのは、すでに慣れてしまっているから。

よほど具合が悪くない限り、アンリエットが侍女を呼ぶことはない。これ以上、自分のために誰かを煩わせるのが嫌だったのだ。

「なぜ泣いていた？」

男の指先が涙の痕を辿《たど》った。冷たい感触が不思議と心地いい。見ず知らずの男性とふたりきりだというのに、なぜだか先ほどより危機感は薄れている。おそらく、相手の言動がアンリエットを気遣うもので、危害を加えるつもりがなさそうだからだ。

「声を出すのもつらいか」

淡々と問われたアンリエットは、わずかに首を左右に動かす。

「わたくしは……皆の気持ちに、報いることができない。自分が、情けないのです」

健康な身体であったなら、王女として責務をまっとうできたろう。次期国王となる弟を支えられる存在になれたかもしれない。そうしていずれは、国や王家のためとなる相手と婚姻を結ぶことになったはずだ。

健康であれば、無数に広がる未来の可能性に心を弾《はず》ませることができた。それが悔しい。

「……病に伏している己がつらくて泣いたわけではないのか」

ぽつりと呟かれた言葉は、先ほどよりも感情が交じっていた。驚き、という表現が近い声音で、男はさらに続けた。

「病を克服し、健康な身体を手に入れる方法がある。おまえは、何を捨てても手に入れたいと思うか？」

「はい」

即答だった。なぜならば、アンリエットが一番欲している願いだったからだ。

熱に魘《うな》され、身体の自由のままならない生活は、精神的にも肉体的にも負担が大きい。けれどそれよりも、このまま何も成せずに命を失うことのほうが嫌だった。

家族や使用人の献身に応える機会を得られるならば、どのような苦難にも耐えられる。

「ならば、俺の番《ツガイ》となれ」

「え……？」

「伴侶と言い換えてもいい。互いのそばから離れず、命尽きるまで唯一の存在として生涯を捧《ささ》げる〝誓約〟だ」

それは、人生のほとんどを寝台の上で過ごしてきたアンリエットにとって、夢のような提案だった。

（本当に、健康になれるの……？）

熱で朦朧《もうろう》とした思考は、的確な答えを導き出せない。そもそも、見ず知らずの侵入者を信じてよいものかという疑念も持っている。

だが、これまで『健康になれる』と断言された経験はなく、かなり魅力的であるのは確かだ。混乱と、かすかな期待感でアンリエットが迷っていたときだった。

雲間に隠れていた月が顔を出し、部屋の中に光が射《さ》し込《こ》んだ。すると、それまで闇に紛《まぎ》れていた侵入者の姿が浮かび上がる。

男は朱殷《しゅあん》の髪色だった。少し長めの前髪から覗く瞳は艶《つや》やかな黒色だ。神の化身と呼ぶにふさわしい整った容貌に月の光を浴びる様は、この世の美を凝縮しているようで見入ってしまう。

「すべては、おまえしだいだ」

男は強要するでもなく、ただ可能性を提示しているようだ。その言動はやけに説得力があり、アンリエットの心を揺さぶる。

（わたくしは……）

このまま何も選ばずにいれば、そう遠くない未来に死が訪れる。ならば、いったいなんのためにこの世に生を享けたのか。

「……健康な身体になって、両親や弟、今まで支えてくれた皆の想《おも》いに応えたい。そのためなら、わたくしは喜んで〝番〟になります」

言葉にした瞬間、朦朧としていた視界がはっきりと見えるようになった。

嘆き、絶望し、涙で頬を濡《ぬ》らす夜を過ごしたのは、今日この瞬間に差し出された、〝希望〟を掴《つか》み取るためかもしれなかった。

「いいだろう」

短く答えた男は、突如アンリエットの上掛けを剥《は》ぎ取った。

「なっ……なに、を……」

「紋を刻むと誓約が成される。すぐに済むからおとなしくしていろ」

男はそれ以上説明するつもりはないようだった。無防備な寝間着姿を晒《さら》すことになり羞恥を覚えていると、聞き覚えのない言語が耳に届く。

口の中で呟くように低く声を発した男が、片手をアンリエットの腹部の上に翳《かざ》した。その刹那、全身が熱風に煽《あお》られたように熱くなる。

（いったい、何が起きているの……？）

下腹部を中心に熱が集まり、指の先まで広がっていく。何をされているのか理解できないが、不思議と不快感はなかった。ぬるま湯に浸《つ》かるような心地よさを覚えていると、男が手を翳している部分が発光する。

（えっ⁉）

自分の下腹部から強い光が放たれ驚くも、ほんの一瞬の間の出来事だった。光が収束すると同時に強烈な虚脱感に見舞われ、瞼が重くなってくる。

「誓約紋は刻まれた。――これでおまえは、俺の番だ」

男の声を聞き、心臓が通常よりもはるかに速く拍動する。先ほどは冷淡にすら感じたのに、なぜだか今は甘やかな響きで耳朶《じだ》を擽《くすぐ》る。

もしかしてこれは、自分の願望が見せた夢なのかもしれない。そうでなければ、不治の病だと宣告された身が健康になるはずがない。

「今は、ゆっくり休め」

やはり男の声は蕩《とろ》けるように甘く、全身に染み渡っていく。

瞼を閉じたアンリエットは、この出来事が夢でなければいいと思ったのを最後に、ふつりと意識が途切れた。

第一章　竜帝陛下の花嫁になりました

ドニ大陸の中央に位置するシュナーベル王国は、温暖な気候と豊かな自然に恵まれている。広大な穀倉地帯では様々な農産物を育てており、各国へ流通させていた。また、領土の中に巨大な鉱山があり、豊富な資源を採掘できる。周辺国との貿易も盛んで、表立った争いもこの数十年は起こっていなかった。

小国でありながら侵略されることなく大国と肩を並べられるのは、これらの土地の恵みに加え、現国王ピエリック・シュナーベルの手腕によるところが大きい。

国は栄え、国民も餓《う》えや戦《いくさ》に怯《おび》えることなく生活している。シュナーベル王は建国以来の賢王だと民からの信頼も厚かった。

そんな王にもひとつ憂いがあった。第一王女アンリエットである。

彼女が原因不明の病に罹患《りかん》したのは、八歳のころである。王宮医師らの治療の甲斐なく、何日間も高熱に魘される日が続き、熱冷ましの薬湯でなんとか命を繋《つな》いでいるような状態だった。

シュナーベル王は娘のためにと周辺国に医師の派遣を依頼したものの、彼らから下された診断は『時間とともに全身の筋肉が痩せていく』というもので、現代の医療技術ではどうすることもできない不治の病だった。

自分の娘に課せられた過酷な運命に、王と王妃は人知れず涙した。日に日に身体の力が失《う》せていくアンリエットを前に何もできず、無力さを噛《か》み締《し》める日々を送っていた。

不幸中の幸いだったのは、王には息子がいたことだ。アンリエットよりも三歳年下で、名をフォラスという。病床の姉を気遣う優しい子に育った。

王、王妃、王子は、アンリエットを深く愛していた。それゆえに、彼女が病に倒れることを由とせず、各国へ使者を送ってはアンリエットの命を繋ぐことのできる人物を探していた。

だが、ついぞ奇跡を起こす医師は現れず、とうとう余命が宣告された。

『病の進行を鑑みるに、王女は十七歳を迎えることなくこの世を去るだろう』

アンリエットが十四歳になったばかりの出来事だった。

娘の命があと三年で尽きると知ったシュナーベル王は、ある決断をする。

大陸にある各国との交流が途絶えて久しい大国――レーリウス帝国へと助けを求めたのである。

帝国と周辺国は国交がなくなり数百年の時が経《た》つが、竜と人が共存する彼《か》の国の皇族には不老長寿の加護があるといい、大国の名とともに広く知れ渡っていた。

シュナーベル王は一縷《いちる》の望みに縋《すが》り、帝国に使者を立てた。最初は取り付く島もなく追い返されたが、幾度となく書簡を認《したた》めて使者へ託した。

帝国と王国の行き来は、国境を三度越え、大小合わせて三つの山を抜け、大河を渡らなければならない。片道だけでひと月はかかる長い道のりを使者に行き来させることは避けたかったが、愛する娘の命を助けたい一心だった。

帝国の当代皇帝、ヴィルヘルム・レーリウスがシュナーベル王の声に応えたのは、初めて使者を送ってから一年後のことだ。

皇帝が自ら王国を訪れたのである。

彼は先触れも出さず、数名の部下とともに騎兵竜の背に乗って空から現れた。王国で竜が目視されること自体が皆無であり、城内はたいそうな騒ぎとなったが、国王と王妃だけは違った。

城の中庭に降り立った竜の前にふたりで足を運ぶと、最上級の礼をもって皇帝を出迎えたのだった——。


「——本当に、信じられないくらいの幸運だわ」

皇帝ヴィルヘルムが、シュナーベル王国に来訪してから二年後。十七歳になったアンリエットは、侍女のネリーから幾度となく聞いた出来事を思い返していた。

季節が二年前と同じ春先であることや、窓の外に輝く月が彼の人を思い起こさせるのだ。

十五歳の春。アンリエットの命は風前の灯火《ともしび》だったが、今では嘘《うそ》のように健康そのものだ。むろん奇跡などではなく、ヴィルヘルム・レーリウスの手によって文字通り生まれ変わったのである。

「アンリエット様、そろそろお休みになってくださいませ」

「ネリー」

部屋に入ってきた侍女は、「夜は冷えますよ」と、肩掛けを羽織らせてくれる。

「ふふっ、ありがとう。でも平気よ。だってわたくしは、ヴィルヘルム様のおかげで健康になれたのだもの」

わずか二年の間で美しい銀糸の髪に艶が戻り、紫紺の瞳は生気に満ちあふれている。張りのある肌は化粧を施さずともいいくらいに血色がよかった。すべて、ヴィルヘルムとの出会いによって齎《もたら》されたものだ。

「皇帝陛下はもちろんですが、体力が回復したのはアンリエット様の努力ではありませんか。この二年、無理をされているお姿を見て何度お止めしたことか」

侍女の苦言はその通りだった。肩を竦《すく》めて苦笑すると、人生が一変した日の朝を脳裏に思い起こす。

――今から二年前。ヴィルヘルムに〝誓約紋〟を刻まれた直後に気を失ったアンリエットは、次に目覚めたときに驚いた。

まるで魔法のように熱が引き、体調が回復していたのだ。そんなことは余命を宣告されてから初めてで、夢を見ているのではないかと思うほどだった。

自分の身に何が起きたのか詳細はわからない。ただ、常に感じていた倦怠感《けんたいかん》はなくなっていたし、身体には力が漲《みなぎ》っている。今すぐにでも起き上がり、太陽の光を存分に浴びたいと思えるほどに。

『……信じられないわ。こんな……』

『目覚めたか』

声のしたほうに首を向けた瞬間、心臓がぎゅっと鷲《わし》づかみにされたような心地になった。

（あ……）

そこにいたのは、夢うつつの中で見た美貌の男性だった。

明るい部屋で見るその顔は、やはり息を呑《の》むほど端整だ。深い赤色の髪も艶やかな黒瞳も、男の威容を表していた。人間離れした美しさで、視線が吸い寄せられてしまう。

『あなた、は……』

『俺は、ヴィルヘルム。レーリウス帝国の皇帝で、おまえの〝番〟……夫になった男だ』

『ヴィルヘルム・レーリウス陛下……』

名を知れた喜びで、アンリエットの胸が喜びの音をかき鳴らす。ヴィルヘルムと言葉を交わし、昨夜の出来事が夢ではなく現実だったのだと実感した。

――誓約紋は刻まれた。――これでおまえは、俺の番だ。

耳の奥底で響くヴィルヘルムの声は、彼が唯一の存在になったことの証だった。

『わたくしを助けてくださったのは、陛下なのですね』

彼はひとつ頷《うなず》き、寝台の傍《かたわ》らにある椅子に腰かけた。アンリエットの手をおもむろに両手で握ると、大きく息を吐く。

『厳密に言えば、助けたというわけではない』

『え……』

『まず、我が国について説明しなければならないな』

ヴィルヘルムは、自身が治めるレーリウス帝国の歴史を説明してくれた。

時を遡ること千と八百年前。ドニ大陸では各地で竜が観測され、人間のよき隣人として生息していたという。知能も戦闘能力も高い彼らを人は敬い、互いの領域に不干渉だった。

だが、一部の国の権力者が、子竜を拐《かどわ》かしたことで、人間と竜の関係が一変した。

怒り狂った竜は大陸を火の海に沈めようとしたが、それを留めたのが帝国の祖先である。人間と竜との間に立ち、二度と竜の領域を侵さないと各国の王に誓わせた。

同じ人間の行いを由とせず、戦を回避するために尽力したレーリウスの皇族には、竜の加護が与えられ、同じ地に住まうことを許されたのである。

『竜の加護、とは……どういったものなのでしょうか』

アンリエットの疑問に、ヴィルヘルムの視線がふと下がる。

『皇族に与えられたのは、〝不老長寿〟だ。他国には、不死だと勘違いされているようだが、俺たちはただ人間よりも長く生きるだけで死は訪れる。ただ、長寿の加護で病に罹《かか》ることはないし、治癒力も身体能力も高い。加護を与えられた者も同様の状態になる』

不老長寿の加護は、代々の皇帝が番へ刻んだものだという。

神と崇《あが》める竜と同じく、レーリウス一族の番も生涯にただ一人。つまり加護を与えるのも一生に一度ということになる。

『そのような貴重な加護を、なぜわたくしに……？』

『おまえは何度も譫言《うわごと》で謝罪していた。父や母、弟や使用人に、自分が迷惑をかけていると。彼らを深く愛しているのがわかったし、彼らもおまえを慈しみ大切に想っている。我が国へ幾度となく使者を寄越《よこ》し、断っても諦めなかった』

そこで彼は、ふと笑みを零《こぼ》した。美しい相貌に浮かんだ微笑《ほほえ》みにドキリとする。

『竜は愛情深い生き物だ。おまえやその周囲には、竜と同様の情を感じた。だから難しく考えなくていい。ただ、自分の家族や周囲を大事に想うように、俺のことも愛してくれ』

ヴィルヘルムは希《こいねが》うように言うと、アンリエットの手の甲に口づけた。それはまるで、幼いころに侍女から読み聞かせてもらった恋物語のようなしぐさだ。

家族とは明らかに違う。異性から向けられる愛を初めて感じ、発熱したように全身が火照る。出会って間もないのに、すでに心はヴィルヘルムで占められていた。誓約紋の効果なのかもしれないが、時を重ねていけばより強い想いになるだろう予感がある。

『わたくしで、よろしいのですか』

『アンリエットがいい。俺が選んだ、俺だけの番だ。――我が国は、竜とともに生きることを許された唯一の国で、民にとっての竜は神の化身であり友だ。ゆっくりで構わないから、おまえが家族へ注ぐ愛と同じだけの愛を、俺と竜に与えてくれればいい』

優しく諭すような声と、愛《いと》おしむ眼差《まなざ》しに心臓が跳ねた。

これまで自室から出ることが適《かな》わず、ごくわずかな人々としか接していなかったアンリエットでもわかる。ヴィルヘルムは、ほかの誰でもなく自分を望んでくれたのだ、と。

『陛下は命の恩人です。わたくしのすべてをもって、お仕えすると誓います。ですが、可能ならひとつだけ……願いを聞いていただけないでしょうか』

『なんだ？』

『これまで自分を育んでくれた家族やこの国に、恩を返す時間をくださいませんか。王女として何も成さぬまま帝国へ嫁げば、この場に心を残すことになると思うのです』

『構わない。譫言でも聞いていたし、家族への想いは知っている。それに、快癒したとしても筋力や体力が回復したわけではない。今のままでは、ひとりで立ち上がるのも困難だろう』

ヴィルヘルムの手が、アンリエットの指に絡められる。彼の口調は冷静だが、態度は雄弁だ。片時も離したくないと言われている気がして、胸の高鳴りが抑えられない。

『二年だ。それ以上は、俺の我慢が利かない』

『え……』

『本当は今すぐにでも我が国に連れ帰りたい。だが、強引な真似《まね》をして嫌われたら困る』

彼の心遣いが嬉《うれ》しかった。大国を統べる皇帝という立場にありながら、アンリエットを尊重して大事に扱っている。

ヴィルヘルムの優しさに肩の力が抜けるのを感じ、微笑んで彼を見つめた。

『ありがとうございます。陛下に嫁ぐ前に体調を整え、王女としての務めを果たします』

礼を告げると、彼は『待っている』と笑い、アンリエットの指先に口づけを落とす。

『まずは婚約という形をとることにする。それでいいな』

『はい』

こうしてふたりの関係は始まりを告げたのである。

（あれからもう二年……あっという間だったわ）

この二年間はヴィルヘルムとの約束通りに、体力と筋力の回復に時間を費やした。その合間に皇后になるうえで必要な知識をできる限り詰め込み、婚姻に向けて着々と準備をしてきた。むろん、王女として公務も行なった。とはいえ、病み上がりということで無理はできないため、高位貴族を招いたパーティへの参加が主だったが、貴族らは病に伏していた王女の快癒を心から喜んでくれている。

帝国へ嫁ぐまでの間に今までの感謝を伝えるために、アンリエットは精力的に活動した。寝台で過ごした時間を取り戻すかのように必死の行動だったため、時に教師や侍女からも心配されるほどで、ネリーはアンリエットが無理をしないよう目を光らせているのだ。

「――ですが、ようやく待ち望んでいた日が訪れるのですね」

感慨深げなネリーに、微笑んで頷く。

ヴィルヘルムに命を救われてから二年。つまり、帝国へ嫁《か》す時がやって来たのだ。

今から三日後に、彼が自らシュナーベル城へ迎えにくるという。知らせが届いたときから、緊張がどんどん高まっていた。

(あと少しで、ヴィルヘルム様にお会いできるのだわ)

病床で苦しんでいた時間は、アンリエットから身体の自由を奪い、思考の働きを鈍くさせた。寝台でただ天井や窓の外を眺める日々は、己の無力さに打ちひしがれるには充分だった。

健康でさえあったならと何度思ったかしれない。いずれ訪れるだろう〝死〟への恐怖で、ひとり夜に泣いたものだ。

(でも、あの方がわたくしの運命を変えてくれた)

父が助けを求め、ヴィルヘルムがシュナーベル王国へと来てくれたから、アンリエットの命は繋がった。

誓約紋を刻まれて目覚めた日。余命に怯えずに生きていけるのだと知って、希望と喜びで心が震えたあの日を、一生忘れることはない。

「この二年努力してきたつもりだけれど、認めていただけるとは限らないわ。だから帝国に行っても勉強は続けたいと思っているの」

王族として最低限の教養や立ち居振る舞いは身につけた。各分野の教師たちは優秀だと褒めてくれたが、病で臥《ふ》せっていた期間が長かった分、学ぶ時間が少なかったのは事実だ。

竜の加護を持つレーリウスの皇族は、人類最強の種族と言って過言ではない。そのため、皇后となるアンリエットにも、高い資質が求められるだろう。

「ネリー、あなたも一緒に来てくれると言っていたけれど、本当にいいの？　幼いころからわたくしの世話をしてくれたのに……これ以上、苦労することはないのよ？」

祖国を離れ、縁のない土地で暮らすのは心細いものだ。それが、国交もなく情報が極端に少ない国となればなおのこと。

「まあ、何をおっしゃいますか！」

しかしネリーは、心外だというように眉根を寄せ、自身の腰に両手をあてた。

「わたしはお嬢様のお世話をすることを生きがいだと思っております。僭越《せんえつ》ながら、わたしよりもお嬢様を理解し、ご意向を汲《く》める侍女はいないと自負がありますわ」

「ふふっ、ありがとう。苦労をかけると思うけれど、頼りにしているわ」

侍女の覚悟を汲んで礼を告げる。やはり慣れない土地へ向かうとあり、幼いころからそばにいてくれた彼女がいると心強い。

「帝国はどんな国かしら？　楽しみだわ」

アンリエットは、扉のそばに飾ってあるひと際大きな花束に目を遣った。

それは、ヴィルヘルムの〝番〟となってから、定期的に届くようになった贈り物だ。彼が帝国へ旅立って数日後から、季節ごとに種類を変えて送られてくる。

彼からの贈り物は、アンリエットを慰め励ましてくれた。見るたびにヴィルヘルムの想いに触れる気がして、くすぐったさと心地よさでひとり照れたものだ。

「アンリエット様のお心は、不安よりも期待のほうが大きいのですね」

ネリーが微笑ましそうに目を細めたとき、部屋の扉が遠慮がちにノックされた。彼女は流れるような動きで扉を開き、訪問者を招き入れる。

「フォラス殿下がおいでになりました」

部屋に来たのは、三歳年下の弟王子である。

ヴィルヘルムとの婚姻が決まると、一番心配したのがフォラスだった。

『姉さまがせっかく元気になったのに、二年で国を出て行かなければならないなんて』と、幾度も父や母に抗議し、婚約を破棄できないのかと何度も口にしていた。そのたびに父母に窘《たしな》められ、アンリエット自身も『嫁ぐのは自分の意思だから』と説明している。

長いこと伏していた姉を厭《いと》うことなく見舞っては、明るく励ましてくれた。この二年でだいぶ大人びており、次期国王として聡明《そうめい》な青年に育ちつつあった。

「フォラス、今日も来てくれたのね」

「……姉さまと一緒にいられるのは、あと少しだから」

拗《す》ねたような物言いは、年相応の幼さがある。寝たきりだったアンリエットを一番多く見舞ってくれた優しい弟は、いまだに姉が嫁ぐことを納得していないようだ。

「あなたには感謝しているのよ、フォラス。寝台から動けないわたくしに、楽しい話をたくさん聞かせてくれた。あなたがいてくれたから、余命を宣告されても頑張れたの」

ふたりで長椅子に腰掛けると、心を込めて言葉を継ぐ。

「ヴィルヘルム様は、わたくしの願いを聞いて猶予をくださった。この二年で、たくさんの時間を家族と過ごすことができて幸せだったわ」

「たった二年だ。姉さまの体力が回復して動けるようになってからは、まだ一年しか経ってない。それなのに、もう別れないといけないなんて……父上や母上だって、本当はこの国に残ってほしいと思ってるよ」

「愛情を注いでくださったお父さまやお母さまには感謝しているわ。わたくしも知らない国へ嫁ぐのは不安だし、王国を離れるのは寂しいの。だけど、ヴィルヘルム様をお支えしたい気持ちは、不安よりも大きいのよ」

もう何度も説明したことだがそれでも伝えるのは、理解してほしいからだ。けっして意に沿わぬ婚姻ではなく、未来への希望に溢《あふ》れているのだと。

「ヴィルヘルム様に嫁しても、会えなくなるわけではないわ。生きてさえいれば、いつだって会えるでしょう？」

「姉さま……」

「望まぬ婚姻を結ぶ貴族も多いのに、わたくしは自分の希望が通ったのだもの。とても幸せなことだと思うわ」

弟に言い含めたアンリエットは、安心させるように微笑んで見せた。

寂しがってくれるのは嬉しいが、此度《こたび》の結婚は両国にとって大きな意味を持っている。

小国であるシュナーベルは、常に周辺諸国の軍事的脅威を警戒せねばならない。今はまだ国王ピエリックの存在が王国への侵略を留めているが、退位後まで他国を牽制《けんせい》できるわけではない。フォラスが王位を継ぐまでに、地盤固めをする必要がある。

アンリエットが嫁ぐことで、シュナーベルは大国レーリウスの庇護《ひご》下に入ることができる。父王もそう考えているがゆえに、結婚に賛成しているのだ。

「フォラスもわかっているのでしょう？」

「……うん。でも、忘れないで。つらいことや悲しいことがあったら、いつだってここに帰ってきていいんだ。姉さまは、幸せになるために健康を手に入れたんだから」

「ありがとう。あなたの優しさに救われているの。本当よ？　唯一心残りは、フォラスひとりに王族の重責を担わせてしまうことよ」

動けるようになってからは、公務も少しずつ行なってきた。けれど、フォラスはもうずいぶん前から父や母とともに王族としての責任を果たしている。各領地への視察に訪れた際の話を聞いたときは、頼もしく感じたものだ。

「僕は、姉さまがシュナーベル出身であると誇れるような国にすると約束します。だから、罪悪感なんて持たないでください」

「そうね。約束が果たされる日が楽しみだわ」

そっと手を伸ばし、フォラスの頭を撫《な》でる。

姉弟の確かな絆《きずな》を感じながら、アンリエットは改めて周囲の愛情に感謝した。


帝国へ向かう当日。空は美しく澄み渡り、雲ひとつない快晴だった。

シュナーベル城の正門前では、王女アンリエットの旅立ちを見送るべく、国王と王妃、第一王子の三名と、大勢の騎士が勢ぞろいしていた。

(とうとうこの日が来たのね)

二年前までは、自力で起き上がることすらできなかった。それが他国へ嫁げるまでに回復したのだから、本当に夢のようだ。

「愛する我が娘よ」

国王である父に声をかけられ振り返ると、そっと抱きしめられた。

「そなたをこの城から送り出すときがくるとは……。二年とはかくも早く過ぎ去るものなのか」

「わたくしは、幸せですわ。お父さまがヴィルヘルム様に助けを求めてくださったおかげで、元気になれたのですもの」

わずかに寂しさを滲《にじ》ませる父の言葉に笑顔で答える。短い抱擁を済ませると、しばしの別れとなる皆へ向けて屈膝礼《カーテシー》をした。

「お父さま、お母さま……至らない娘でしたが、これまでご厚情を賜り感謝申し上げます。フォラス、あなたがくれた優しさは、わたくしの宝物です」

病に罹ってからこれまでの日々を思い返しながら顔を上げると、笑顔で周囲を見遣《みや》った。

「シュナーベル国民の幸福を心から祈ります」

アンリエットが告げた瞬間、その場に集った使用人や騎士らから歓声が上がった。彼らと過ごした時は短かったが、寝台から起き上がり、体力作りをする過程でずいぶんと助けられた。

城にいる者たちもまた、家族同様に大切な人たちだ。これまでの感謝をこめて微笑みかけ、感慨に耽《ふけ》っていたときである。

（えっ……）

突如、太陽光が遮られ、辺りが薄暗くなった。驚いて上空に目を向けたアンリエットは、空が陰った理由がわかり顔を輝かせる。

竜の背に跨《また》がったヴィルヘルム、それに二名の軍人が、シュナーベル城の上空に現れたのだ。城の上を旋回していた三頭の竜は、正門から離れた場所にある開けた場所へ降り立った。大きな翼を閉じ、巨体を地面へ沈めるように伏せると、騎竜していた者がその背から飛び下りる。

（ああ、ようやくお会いできた……！）

アンリエットは、二年ぶりに会う婚約者の姿に感激していた。

陽光に照らされて佇《たたず》むヴィルヘルムは、この場の誰よりも存在感を放っていた。

黒の軍服に金の肩章、胸には様々な胸章が着いている。乱れた髪を掻《か》き上げる姿は、ぞくりとするほど色気があった。

彼は竜の首を一撫でするると、たくさんの人々の中からアンリエットをすぐさま見つけ、脇目も振らずに歩み寄ってくる。

ヴィルヘルムから目を離せず、その場で彼を静かに待つ。

今日この日のために設《しつら》えたのは、彼の髪と同じ深い朱色のドレスだ。幾重にも重なったレースは優美さを演出し、金糸で薔薇《ばら》の刺繍《ししゅう》が施された裾は陽の光を吸い込んで煌《きら》めいている。

胸元には、事前に彼から贈られてきた首飾りをつけていた。帝国にある鉱山から産出された稀少石《きしょう》をふんだんに散りばめている逸品で、見る者の目を楽しませている。

これほど着飾ったことは今までになく、改めて他国へ嫁ぐのだと自覚する。

腰まで伸びた艶やかな銀髪が風に揺れるのも構わずにまっすぐに見つめていると、ヴィルヘルムがアンリエットの前に立った。

「ようやくこの日を迎えた。待っている時間がこれほど焦れるものなのだと初めて知ったな」

「迎えに来てくださってありがとうございます」

先ほどしたように美しい屈膝礼《カーテシー》をすると、彼を見上げる。胸の奥が苦しくなるほど高鳴っているのは、アンリエットも再会を待ち望んでいたからだ。

二年の間、ヴィルヘルムとは手紙のやり取りのみで、顔を合わせることはなかった。『会えば連れ帰りたくなる』と、彼は自らを律するためにあえて王国に足を向けなかったのである。

むろんそれだけではなく、〝番〟の存在を守るためでもある。

これまで一切周辺国と国交のなかった大国が、突如小国の王女と婚約したとなれば、嫌でも衆目を集める。体力回復に努めるアンリエットの妨げになりかねないうえ、婚約者として周知されればその身に危険が及ぶことも充分考えられた。

ヴィルヘルムはそれらの事情を鑑み、極秘で自身の部下で手練《てだ》れの者を護衛につけてくれた。

すべては、アンリエットの希望を叶えるためにしてくれたことだ。そんな気遣いもまた、婚姻を心待ちにした理由のひとつだった。

短くはない期間だったが、体力の回復と后教育を必死でこなしていた。すべては、彼との約束を果たすために。

(お日様の下で見るヴィルヘルム様も素敵だわ……)

初めて出会ったときは夜だったし、寝台から起き上がることができなかった。それがこうして彼と向き合えたのだ。胸がいっぱいになるのも当然だった。

「お会いできて嬉しいです」

感謝をこめて微笑むと、ヴィルヘルムの瞳が甘やかに細められた。その刹那、アンリエットの両足が宙に浮く。彼に抱き上げられたのだ。

「ヴィルヘルム様⁉」

両手で軽々と持ち上げられ、彼の顔を見下ろす体勢になってしまう。予想外の行動に目を瞬《しばた》かせれば、不敵な笑みが視界いっぱいに広がった。

「血色もいいし、声に張りがある。体調はいいようだな」

「は、はい……」

「それに、とても美しい」

「っ……」

ごく当然のように告げられて、アンリエットの頬が薔薇色に染まった。

ヴィルヘルムとの結婚が決まり婚約者となったが、接した時間はごくわずかだ。しかし、誓約紋を刻んでからの彼は、まるで愛する恋人に接するような眼差しを向けてくる。

少しくすぐったくて嬉しいのは、彼の愛情がまっすぐ心に響くからだ。

「ありがとうございます……ですが、恥ずかしいです。下ろしてくださいませんか？」

「それはできない相談だな。俺はもうおまえを離すつもりはない」

決定事項だと言わんばかりに宣言したヴィルヘルムは、アンリエットを抱き上げたまま国王らへと向き直る。

「シュナーベル王、王妃、そしてこの国の民に誓う。アンリエットは、レーリウスが皇帝の名にかけて大切にする。安心して任せてほしい」

竜の加護を持つ帝国レーリウスは、他国から妻《めと》を娶ること自体が珍しい。その皇帝自らの宣誓は、その場にいた全員の胸に深く響く。

「『竜帝』の名を冠するヴィルヘルム・レーリウス皇帝陛下。我が娘をあなたに託そう」

国王と王妃が頭を垂れる。最大の敬意を払う主君に倣い、騎士らが膝をついてそれに続くと、ヴィルヘルムがひとつ頷いて見せた。

「我が国は、今後シュナーベルの友となり、いかなる脅威があろうと共にあると約束する。よりよき関係が築けることを願う」

婚姻によって結ばれた縁を蔑《ないがし》ろにしないというヴィルヘルムの言に、騎士らは安堵《あんど》している。謎多き帝国の皇帝の協調姿勢を歓迎したようだった。

ヴィルヘルムは口約束でない証として、王国の有事の際は帝国軍を派遣すると明言した。また、物理的に距離が離れた両国間の連絡役として、騎竜を扱える帝国貴族を派遣したいと提案があり、国王が了承している。

(すごいわ。この短時間で、ヴィルヘルム様はすっかりこの場を支配してしまわれた)

アンリエットは、無駄なく話を進める彼に尊敬の念を抱いた。しかしその一方で、少々居心地が悪い。ずっと抱き上げられたままだからだ。

まるで小さな子どもが親に抱かれているような気さえする。いや、年齢的なことを考えれば、実際そうなのかもしれない。

(けれど、口を挟める雰囲気ではないし)

真面目な話をしているのに、自分が抱かれたままというのも居たたまれない。それなのにヴィルヘルムはまったく気にする様子もなく、心なしか国王をはじめとする皆から生温かい目で見られている。

宝物のように扱われて嬉しくないはずはない。ただ、ものすごく恥ずかしい。

じっと動かぬままでいると、「皇帝陛下！」と鋭い声が投げかけられた。フォラスだ。そちらを見れば、ヴィルヘルムに挑みかかるかのような強い視線を向けている。

「おまえは、アンリエットの弟か」

「……はい」

ヴィルヘルムが発する圧に怯《ひる》みながらも、フォラスは一歩も引かなかった。

「長いこと病に苦しんでいた姉を救ってくださったことは感謝します。……ですが、僕はまだ姉を幸せにしてくれると信じられるほど、陛下や帝国のことを知りません。少し落ち着いたころにそちらへ伺いたいのですがよろしいですか」

フォラスの言葉は、第一王子として礼を欠くことのない限界の一線を守っていたが、ともすれば不興を買ってもおかしくはない。だがヴィルヘルムは鷹揚《おうよう》に「歓迎しよう」と答えた。

「アンリエットを大事に想っている、その点で俺とおまえは同じだ。レーリウスの皇帝にとって、〝番〟はそれほどにかけがいのない存在だが、他国の者には理解できないだろう。不安ならば、その目で確かめて知ればいい。いつでも待っている」

「お心遣い、感謝いたします」

そこで、ヴィルヘルムとフォラスの会話は終わった。

互いにまだ知らないことも多く、わかり合うには時間が必要だ。それでもヴィルヘルムは、厭うことなく相互理解に努めようとしてくれている。

彼の姿勢にますます好意を抱いたが、先ほどの会話で気になった部分があった。

（〝番〟というのは……ただの伴侶というわけではないのかしら）

彼に、『番となれ』と選択を迫られたとき、『伴侶と言い換えてもいい』と言っていた。『生涯互いのそばから離れず、命尽きるまで唯一の存在として生涯を捧げる〝誓約〟だ』と。

だから番とは、帝国独自の制度だと考えていたが、もっと深い意味がありそうだ。

（機会があったら聞いてみよう）

聞きたいことも知りたいことも山とある。けれど、これから時間はたっぷりあるのだから、少しずつ距離を縮めていけばいいのだ。

大切なのは、彼がアンリエットや王国を大事にしてくれようとしていること。この婚姻が両国を繋ぐ第一歩になったという事実だ。

「――では、そろそろ出発する」

ヴィルヘルムの声にぴくりと反応する。

これでしばしの間、祖国と別れることになる。寂しさと未来への希望が混ざり合った不思議な心地だが、不思議と不安はなかった。抱かれている腕の力強さやぬくもりが、守られているのだと感じさせてくれるからだ。

「ヴィルヘルム様」

名を呼べば、彼はそこで言わんとすることを汲《く》み取《と》ってくれた。

地面に降ろされたアンリエットは、国王らに向き直って笑みを浮かべる。

「両国の架け橋となれるよう、精いっぱい努めてまいります」

これまでの感謝をこめて伝えると、皆が笑顔で頷く。暖かな空気が流れる中、ヴィルヘルムはふたたびアンリエットを抱き上げた。

「会いたいときはいつでも会える」

「……はい、そうですね」

寂しい気持ちを汲んでくれた彼に笑みを見せ、祖国を発《た》つのだった。


帝国へはヴィルヘルムらが来たときと同様に、竜の背に乗って移動することになった。

初めての旅、それも騎竜とあって多少不安だったが、彼に背中から抱きしめられる体勢だったため、難なく馴染《なじ》むことができた。むしろ快適だったほどだ。

（それに、あっという間だったわ）

レーリウス城に到着したのは、王国を出立してからわずか半日だった。旅行というには短い時間だったものの、空の旅はアンリエットを十二分に楽しませた。

シュナーベル城を出てからというもの、目に映る景色すべてが新鮮だった。世界はこんなにも色鮮やかで様々な光景を見られるのかと感激している。

現在は湯浴《ゆあ》みを終えたところで、侍女に髪を梳《す》いてもらっていた。まだどこか夢見心地でいると、侍女が感嘆の吐息を漏らす。

「こちらに着くまでの間に、一生分驚いた気がしますわ。まだ足もとが覚束《おぼつか》ないです」

そう言って目を瞬かせているのは、王国から連れてきた侍女のネリーだ。ほかの侍女や荷物などは陸路を使用してくるが、彼女だけは一緒に連れていきたいと事前に頼んでいたのである。

「ふふっ、本当ね。初めての体験ばかりだわ」

城に到着して通されたのは、皇帝の私室に続いている部屋だった。『番の間』と呼ばれ、伴侶のみが使用できるようだが、中は予想以上に開放的な空間が広がっていた。

高い天井から吊《つ》り下げられた豪華なシャンデリアが、煌めく光を拡散している。床には美しい紋様の絨毯《じゅうたん》が敷き詰められており、歩くたびに贅沢《ぜいたく》な感触が味わえた。壁面や円柱は卓越した技術で彫り込まれた竜が散見され、帝国との深い関わりが窺《うかが》える。

シュナーベル城しか知らぬまま過ごしてきたアンリエットだが、世の中にはこれほど美しく壮麗な城があるのだと感激しきりである。

「アンリエット様は、どこか具合が悪くなってはおりませんか?」

ネリーは普段よりも落ち着かない様子だった。ヴィルヘルムと一緒に来た軍人と騎竜していたのだが、空の旅に酔ってしまったようだ。

「ええ、平気よ。想像よりもはるかに快適だったわ」

微笑んだアンリエットは、帝国へと向かう道中にヴィルヘルムから聞いた説明を思い起こす。

『竜は生まれたときから、〝風除《かぜよ》け〟をはじめ、様々な加護を持っている』

風の加護のおかげで、空の上でも髪の一筋すら揺れることはなかった。また、高所では空気が薄くなり人間の身体に負担がかかるのだが、加護により無効化されている。

『竜とは、不思議な生き物なのですね』

『そうだな。俺たちですら、完全に理解しているとは言いがたい。だが、情が深く、ひとたび仲間と認識すれば絶対に裏切ることはない。それに、意思の疎通もできる』

軍馬よりもさらに大きな体躯《たいく》を持つ竜には、専用の鞍《くら》と手綱がある。そのため、人間の意思を汲み取って動くことができるという。また、非常に高度な知能を持ち、鞍上《あんじょう》の主も自ら選ぶようだ。ゆえに、帝国でもごく少数の限られた軍人のみしか騎竜できないらしい。

ちなみに供が二名だったのは、機動力と移動速度を重視した結果なのだとヴィルヘルムは話してくれた。

『おまえをようやく迎え入れられるというときに、のんびりしているわけにいかないからな。それに、旅程は短いほどに負担が少ない』

『わたくしのために……？』

『当然だ。二年の間、俺がどれだけこの日を待ち望んでいたかおまえは知らないだろう』

彼は手綱を片手で握り、空いているほうの腕をアンリエットの腹部に巻き付けた。そこはちょうど誓約紋を刻まれた付近だ。意識すると、なぜだか心音が速くなっていく。

——嬉しいけれど、どう振る舞えばいいのかわからないわ。

再会したときから、常にヴィルヘルムに触れられていた。

『離さない』と言外に告げられているようで、ひとり照れていたアンリエットである。

その後。一行は、道中の山で休憩を一度挟み、出発から半日ほどでレーリウス城に到着した。

城の上空を旋回した竜が、敷地内にある広々とした空間へゆっくりと下降すると、そこには皇帝を出迎えるべく軍人や使用人が集っていた。

他国にはなく、帝国にのみ存在するのが竜のための土地だ。人間を背に乗せる竜はそう多くなく、ほかの竜は誰も立ち入れない山深くに住処がある。とはいえ、気軽に城や人里を訪れて、人間と交流することも多いそうだ。

『陛下、ならびにシリル様のご帰還を心よりお喜び申し上げます』

軍人のひとりが声を張ると、その場にいたほかの者が手を胸にあてた。使用人たちはその後ろからヴィルヘルムと竜へ頭を下げている。

『出迎え大義だった』

先に竜から降りたヴィルヘルムは片手を上げて軍人らを制すと、アンリエットを鞍上から下ろした。そしてごく自然に翼を休めている竜に手を伸ばし、労《ねぎら》うように巨体を撫でる。

『ここまでよく飛んだな、シリル』

ふたりを乗せて王国から飛んできた竜に対し、慈しむような眼差しを向けるヴィルヘルム。一方その巨体を伏せ、ヴィルヘルムに撫でられるままその身を任せている竜は、どこか誇らしげである。

『この竜は、シリルという名なのですね』

『ああ。代々の皇帝にのみ、その背を許している誇り高き血筋――〝始まりの竜〟だ。近々、〝番〟に子が生まれるから、最近は神経質になっている』

番と離れたがらなかったシリルだが、ヴィルヘルムたっての願いで王国まで飛んでくれたのだという。彼と竜が強い絆で繋がれていることを理解したアンリエットは、礼を尽くそうとその場で屈膝礼《カーテシー》をして見せた。

『ここまで連れてきてくれてありがとう。あなたのおかげで、快適な旅だったわ』

にっこりと微笑むと、竜はぎょろりと黒瞳を向けてきた。そして、撫でろというようにアンリエットの前に頭を垂れる。

『ヴィルヘルム様、これは……？』

『竜がその首を差し出すのは親愛の証だ。撫でてやってくれ』

『そうだったのですね。……シリル、これからよろしくね』

そっと手を伸ばして撫でてやると、シリルが『クゥゥッ』と気持ち良さげな声を上げた。

全身硬い鱗《うろこ》に覆われているが、首元は柔らかい。

その気になればアンリエットなど踏み潰されてしまいそうだが、不思議と怖くなかった。それどころか可愛らしいとすら思え、つい顔を綻ばせた。

『神経質になっているとのことですが、人懐こいのですね』

『いや……シリルは、どちらかというと好き嫌いが激しい。こんなふうに懐くのは初めてだ』

やや驚いたように目を見開いたヴィルヘルムは、アンリエットをひょいと抱き上げた。

『ヴィルヘルム様？』

『シリルだけではなく、俺も見てくれ』

じいっと視線を合わせてくる彼は、シリルに嫉妬して拗ねているような態度だった。シュナーベルでは大国の皇帝として威厳があったが、今の彼はずいぶんと可愛らしく見える。

『わたくしは、ヴィルヘルム様だけしか見えておりません。ですが、今は皆様にご挨拶したいので、下ろしていただけますか？』

『おまえがそう言うなら、しかたないが我慢しよう』

やや不服そうではあったが、ヴィルヘルムは素直にアンリエットを解放した。

さすがに嫁いできた当日に礼儀を欠くわけにはいかない。胸を撫《な》で下ろし、その場に集った皆へ向き直ったのだが――なぜか、軍人や使用人一同は絶句している。

『ご挨拶が遅れました。シュナーベル国王が娘、アンリエットと申します』

微笑んで告げたものの、誰ひとりとして声を発する者がいなかったのである。


（――わたくし、何か変なことをしてしまったかしら？）

城に着いたときの行動を脳裏に浮かべたものの、思い当たるふしは何もない。だが、王女として教育された期間は短く、知らぬ間に粗相をしていた可能性も否定できない。

しかし、一連の出来事を見ていたネリーによれば、アンリエットの態度におかしな点はなかったという。

「帝国は他国との国交もございませんでした。この地に根を下ろし、初めてわかることも多いと思いますわ」

「そうよね。きっとこれからも、たくさんの〝初めて〟を経験するはずよ。今後の予定をヴィルヘルム様に相談してみようかしら。この国のことを学ぶために、教師を付けてもらったほうがいいかもしれないわ」

アンリエットの世界は、長いこと寝台の上のみだった。窓の外で自由に羽ばたく鳥を眺めて羨ましく思ったものだが、今は自分の足で大地を踏みしめて歩くことができる。身体の自由を得たことで、未来への希望も手に入れたのだ。

「勉強熱心なのは結構ですが、張り切りすぎないでくださいね。それよりもまず大切なお役目が控えておりますし」

主に釘《くぎ》を刺したネリーは櫛《くし》を置き、鏡越しにアンリエットを見つめた。

「お綺麗《きれい》ですわ。陛下もお喜びになりましょう」

湯浴みをしているときから、ネリーはアンリエットを磨き上げることに力を入れた。念入りに手入れされた肌と髪は瑞々《みずみず》しく艶があり、最高級の絹を使用した夜着を身につけた姿は普段よりも色気を感じさせた。

（これでは、意識してしまうわ）

嫁いでくる前に、様々な知識を教え込まれた。それは、ドニ大陸の勢力分布であったり、周辺国や自国がどのような産業を用いて発展してきたのかという基本的な情報だ。また、気候や風土、言語の違いについても一通り頭に入れている。

その中には、当然ながら閨《ねや》についての教えもあった。

王侯貴族の婚姻でまず望まれるのが、後継者を産むことである。家門の血を受け継いでいく、という意味において、女性の役割は重要なのだと教え説かれた。

だから、このあとに何が行なわれるのかはしっかり把握している。ただ、少しばかり緊張しているのは事実だ。

「大丈夫ですよ。あれだけ大事にしてくださる方ですもの」

アンリエットの不安を感じ取ったのか、ネリーが励ますように笑ったとき、不意に部屋の扉が開く音がした。

ノックもなくこの部屋に踏み入ることができるのは、この世でただひとり。皇帝ヴィルヘルムのみである。

「ゆっくりできたか?」

「ええ、素敵なお部屋を用意してくださりありがとうございます」

「それは何よりだ。足りないものがあれば言ってくれ。すぐに調えさせる」

言いながら、ヴィルヘルムは部屋の中を見まわしている。

彼は、白の襯衣《しんい》と黒の下衣という飾らない格好だった。髪が少し濡れており、湯浴みをしていたのだろうと察せられる。その後、時を置かずにこちらへ来たのだろう。

アンリエットはドキドキしながら立ち上がり、ヴィルヘルムへと歩み寄った。すると、ネリーがすぐさま一礼し、「失礼いたします」とその場を辞してしまう。

「優秀な侍女だな」

「はい。わたくしの自慢ですわ。寝たきりだったときも、親身になって世話をしてくれたのです。ネリーがいなければ、闘病生活はもっとつらいものだったと思います」

侍女を褒められたのが嬉しく笑顔で答えると、ヴィルヘルムに腕を引かれた。そのまま寝台まで進んで腰を下ろした彼は、自身の膝の上に座るよう促す。

「……お膝の上に腰を下ろすなんて畏れ多いのですが」

「俺がそうしたい」

彼は躊躇《ちゅうちょ》するアンリエットを軽々と持ち上げた。

拒む間も与えられず横抱きにされ、身を竦めてしまう。薄い夜着ではヴィルヘルムの体温を直に感じてしまうからなおさらだった。

「緊張しているか？」

「はい。何か粗相をしないかと怖いのです。臥《ふ》せっていた期間が長いので……まだまだ学びが足りておりませんから」

「これまで寝台で過ごしていた時間よりも、ずっと長い人生をこれから歩む。その中で何か学びたければそうすればいいし、多少の粗相など気にするな。おまえはこの俺の〝番〟だ。誰にも文句は言われない。何より、おまえを害する者は俺が許さない」

強い言葉だった。大国レーリウスの皇帝として、揺るぎない自信と自尊心を感じさせる。そして、それと同じくらいに〝番〟への愛情がある。

「お聞きしてもよろしいですか?」

「ああ、もちろん。なんでも聞けばいい」

低く艶のある声で告げられて、心臓が躍り狂ったように騒ぐ。彼を前にすると自分がひどく落ち着きのない人間に思えて、内心で己を叱咤《しった》した。

(いろいろ考えていたのに、ヴィルヘルム様といると頭の中が真っ白になってしまう)

「アンリエット?」

「んっ……!」

耳朶に呼気が吹きかかり身震いする。妙な声を出して恥ずかしくなったが、それよりも気になるのは下腹部の熱さだった。

「も、申し訳ありません……なぜか、身体が火照っていて……」

「いや、構わない。おそらく、誓約紋の影響だ」

二年前にヴィルヘルムに刻まれた紋は、アンリエットの下腹部に痣《あざ》のような形として残っている。しかし、今までは痛みも何も感じなかった。むしろ、紋を刻まれたことで健康になり、信じられないほどの力が漲ったのだ。

「わたくしの身体は、どうなっているのでしょうか……?」

「まずは、そこから説明する。これまで何も語れなかったからな」

ヴィルヘルムは、帝国の根幹に関わる〝竜〟や〝番〟のことは、情報を規制しているのだと語った。

過去には竜を捕獲しようとした密入国者や、帝国の有する広大な領土を我が物にするべく進軍してきた国があった。侵略者は皇帝の番を誘拐し、領土と金銭を要求しようと企《たくら》んだが、もちろん事前に退けた。

だが、これらの事件は、帝国によりいっそう強い警戒心を植え付けるものだった。

「帝国にとって、竜や皇帝の番は何をおいても守らねばならない存在だ。竜の住処となっているこの国は、様々な加護が働いている。特に、農作物は不作知らずだ」

「素晴らしい加護ですね……！　民が安心して暮らせますもの」

思わず声を上げれば、彼の表情が柔らかになった。

「餓えずに済むというのは、民や国にとっても大きい。だから俺たちは、竜がこの地を選び住んでいることを誇りに思い、感謝もしている」

こうして帝国の話を聞けるのはありがたい。皇帝自ら語られる事実は歴史の重みが感じられ、つい聞き入ってしまう。

「そして皇族もまた、竜の加護により自らの〝番〟に加護を与えられる。これは以前にも話したことだが……まだ、おまえに明かしていない話がある」

息を呑んだアンリエットは、ヴィルヘルムを真《ま》っ直《す》ぐに見つめた。

本来であればとうに尽きていた命だが、彼によって救われた。この二年、アンリエットには利点しかなかった。けれど、竜の加護という帝国皇室の恩恵にあずかった以上、自分ばかりが喜びを享受してはいけない。何事にも、損得は存在するのだから。

「お聞かせください。なんであろうと、受け入れるつもりです」

嫁いできたからには、今後は帝国や民のために生きていきたいと――ヴィルヘルムのそばで生涯支えていきたいと覚悟を持ってこの場にいる。

アンリエットの言葉に、ヴィルヘルムが小さく笑う。

「この地で生きてきた代々の皇帝にとって、番に与える加護は特別な意味を持つ。おまえは見た目に反して存外強い。だから、加護を与えた」

彼の手がアンリエットの下腹部に触れる。すると、まるで焼《く》べられたような熱さに襲われた。それだけに留まらず、どくどくと心臓が拍動し、子宮が強烈に疼《うず》いている。

（いったいどういうこと……？）

「困惑しているな。俺が与えた加護は、おまえの寿命を延ばした。だがその代わりに、俺の子のみを孕《はら》む身体になったということだ」

「え……？」

「おまえだけでなく、俺もおまえ以外と子を成せなくなっている。帝国皇帝の〝番〟とは、互いが互いのためだけに生き、血を繋いでいく存在だ」

初めて明かされた事実は、予想以上に互いを縛るものだった。アンリエットは信じられない気持ちでヴィルヘルムと視線を合わせる。

「そのような大切な存在に、わたくしを選んでくださったのですね」

「……怒らないのか？　命を助けた代わりに、一生縛り付けるんだぞ。俺はもうおまえしか愛せないし、おまえも俺以外を愛することは許さない。歴代の皇帝がそうであったように、番に恐ろしいほど執着するんだ」

それは、大国レーリウスの皇帝としてではなく、ヴィルヘルム個人の言葉だった。

(優しい方だわ)

皇帝という立場ならば、有無を言わせず従わせることができる。彼はそれが許される存在だ。それでもアンリエットの気持ちを慮《おもんぱか》り、心を砕いてくれる。彼と重ねた時間は短くとも、人柄を知るには充分だった。

ヴィルヘルムには、小国の王女の命を救う意味などなかった。にもかかわらず助けてくれたのは、目の前で消えようとしている命を見捨てられなかったからだ。

「わたくしは感謝しています。ヴィルヘルム様の決断があればこそ、とうに尽きていた寿命が延びたうえに帝国との縁までいただけました。王女として責務を果たせていなかった自分が、初めて祖国の役に立てたのです」

この婚姻により、シュナーベル王国が帝国の後ろ盾を得たことは大きい。弟のフォラスが国王となるときに、有力な助けとなるだろう。

それだけではなく、今まで心配や迷惑をかけてきた人々に健康な姿を見せることができた。すべては、ヴィルヘルムが加護を与えてくれたから叶ったことである。

「ヴィルヘルム様の加護に恥じぬよう、帝国に尽くしてまいります。いただいたこの命が果てる瞬間まで、すべてを捧げる所存です」

アンリエットに加護を与えたとき、『自分の家族や周囲を大事に想うように、俺のことも愛してくれ』と彼は言った。事情を知った今、この言葉がさらなる重みを持って胸に迫る。

他国の王の中には、側室を侍《はべ》らせている者も多いと聞く。王の子を孕むのは正妃でなくとも構わないというわけだ。

けれどアンリエットは、祖国がそうであったように、伴侶とは愛し愛される関係でありたい。たったひとりの唯一の人と添い遂げられるなんて、これほど幸せなことはないだろうから。

「お互いしか愛せないなんて、とても素敵な関係ですわ。ヴィルヘルム様の番にしていただけて嬉しいです」

素直な想いを告げたところ、彼は安堵の吐息を漏らす。

「……アンリエット。俺の愛は想像以上に重いぞ。それでもいいんだな?」

「望むところですわ」

恋愛がどういうものなのか実際に経験はない。愛や恋の素晴らしさを説いた詩歌や書物で知っているだけだ。

しかしそれは、これから彼に教えてもらえる。帝国の皇帝もまた、愛情深いという竜と同様に、相手に愛を注ぐのだろう。

「ヴィルヘルム様に愛していただきたいし、わたくしも愛を捧げたいです」

皇帝の番、その立場に見合う存在かはわからない。ただ、彼に対して誠実でありたい。

微笑んで覚悟を告げると、ヴィルヘルムの口角が上がった。そのまま食らいつくように唇を奪われる。

「ん、ぅ……っ」

初めての口づけは、舌を差し入れられる深いものだった。上顎や舌の裏までぐるりと一周されると、どくりと下腹部が疼きだす。

誓約紋が反応しているのだと本能で察した。彼のぬくもりが、匂いが、アンリエットの身体をゆるやかに蕩けさせる。

（心臓が痛くなるほど高鳴るなんて初めて……）

ヴィルヘルムの舌先が口腔《こうこう》を這《は》いまわる。その感触に戦《おのの》くも、誓約紋の刻まれた下腹部は歓喜に打ち震えた。おそらく加護の影響だろうが、きっとそれだけではない。

二年間、彼を想わない日はなかった。美しく気高いこの皇帝にふたたび見《まみ》え、后となることを望んでいたのはアンリエット自身だ。

愛と名付けるにはまだ早い感情だが、間違いなく大きく育つだろう予感はある。彼に触れられているだけで、胸が幸せで満たされていくのだから。

「ん……は、ぁっ……ヴィルヘルム、さ……ンンッ」

息をつく間も惜しいというように、ヴィルヘルムに口腔を舐《な》め尽くされる。彼の舌が動くたびに唾液がくちゅくちゅと鳴り響くのが恥ずかしい。溜《た》まったそれを嚥下《えんげ》すれば、胎内が切なさを増してぞくりとした。

口づけがこれほど淫らなものだと思わなかった。

ぼうっとしてきた頭で考えていると、視界が突然反転した。押し倒されたのだと気づいたときには彼の手は夜着の裾に忍び込み、太ももを撫《な》で回している。

「あ……っ」

直接肌に触れた手のひらは、燃えるような熱さだった。思わず足を閉じようとするも、彼の身体に阻まれて叶わない。

（自分が自分でなくなるようだわ）

初めての行為に混乱している間に、大きく足を開かされて夜着が捲《めく》れた。露《あら》わになった真新しい下着はわずかに濡れており、アンリエットの羞恥が強くなる。

「見ないで……くださいませ」

「なぜだ。おまえの心も身体も俺のものだ。隠さずにすべてをさらけ出せ」

下着に手をかけたヴィルヘルムは、アンリエットから強引にそれを引き抜いた。

薄布を失った恥部が空気に触れると、じわじわと愛液が零れる。自分がふしだらになった気がして消え入りたくなった。

「や……」

「アンリエット……おまえのことは全部知りたい。何もかも、すべてだ」

切なげに告げたヴィルヘルムは、アンリエットの足を持ち上げた。身体をふたつに折り曲げられ、尻まで見える体勢になってしまう。

このような場所を彼に見られたくはない。はしたなく濡れているからなおさらだ。

そう思う一方で、羞恥を凌駕《りょうが》する喜びがわき上がっている。彼に求められるのが純粋に嬉しいのだ。

「は……いい子だ」

わずかな抵抗が失せたことがわかったのか、ヴィルヘルムに笑みが浮かぶ。アンリエットの足から力が抜けた隙を逃さずに、彼は股座《またぐら》へ顔を埋めた。

「あんっ……ゃあ……っ」

濡れた花弁に唇を押しつけられて声を上げるも、行為が止まる気配はなかった。

蜜孔から流れ出る透明な液体を啜《すす》られ腰が揺れる。閨事についてもしっかり学んでいたはずが、今はまったく役に立っていなかった。

せめて自分の甘ったるい声を止めたくて両手で口を塞ぐ。すると顔を上げた彼は、「もっと聞かせろ」と言いながら、花弁に分け入った指で陰核を弾いた。

瞬間、鮮烈な快楽が全身を駆け巡り、これまでで一番大きな嬌声《きょうせい》を上げる。

「ああ……っ、そこ、は……ぁっ」

「いい声だ。ここを弄《いじ》られるのが好きなようだな」

蜜に濡れた指で花蕾を押し擦られ、目の前の景色が歪《ゆが》んだ。彼の動きは無駄がなく、的確にアンリエットの快楽を引き出している。

蜜孔からしとどに溢れた透明な滴は、尻にまで垂れ流れていく。自分の身体の反応が恐ろしくて無意識に首を振れば、ヴィルヘルムがふたたび恥部に舌を這わせた。

「ふ、あ……っ」

指でいじくっていた花蕾を口に含んだ彼は、そこを強く吸引した。跳ね上がる腰を腕で押さえ込み吸い続けられると、息をするのもままならないほど感じてしまう。

(誓約紋が、熱い……)

下腹部に刻まれた紋が疼く。じりじりと焦げ付き、全身に広がっていくようだ。

「っ……ん！　ん、くぅ……ッ」

声を止めたいのに、ヴィルヘルムは攻め手を緩めない。

割れ目を左右に拡《ひろ》げた彼は、集中的に肉芽をもてあそんだ。舌の上で転がしていたかと思えば、花芯を吸い出すように唇でそこを咥《くわ》えてくる。

弱点を暴かれたアンリエットは、ひたすら寝台で腰をくねらせた。

（はしたない格好をしているのに、気持ちいいなんて）

時折彼と視線が絡むと、砂糖菓子のような甘い眼差しを注がれる。自分ばかり快楽に溺れていいのだろうかと考えつつも、幸せそうな顔を見ると何も言えなくなった。

自覚できるほど身体が昂《たか》ぶっている。蜜口は蕩けてひくつき、彼を受け入れる準備が調ってきたのだと本能的に理解した。

汗ばんだ肌に夜着が張り付き、乳頭が布を押し上げている。先端が擦れて勃起しているのだ。浅ましさに泣きたくなるが、それはほんの一瞬のことだった。

「だいぶ綻んできたな」

顔を上げたヴィルヘルムが不敵に微笑んだ。

「もう少し解すぞ」

言葉とともに、彼の中指が蜜口に挿入された。びくんと腰が跳ねると、宥《なだ》めるように胸のふくらみを揉《も》み込《こ》まれる。

「あんっ……」

「そのまま力を抜いて、俺に委ねろ。おまえを苦しめるような真似はしない」

彼はアンリエットの性感を探るように、優しく蜜襞を擦っていく。溢《あふ》れ出た愛液がくちくちと淫らな音を立て、耳を塞ぎたくなる。それでも身動きせずにいるのは、ヴィルヘルムの想いに応えたいから。

（わたくしの身体……どこか、おかしくなってしまったの、かも……）

蜜孔と乳房に刺激を与えられ、愉悦で朦朧としてくる。感じるほどに誓約紋は色が濃くなり、下腹部が激しく波打った。

「ヴィルヘルム、さま……っ、もう……」

身体の中が切迫し、粗相をしてしまいそうで怖くなる。止めてもらえないかと彼の名を呼んだアンリエットだが、ヴィルヘルムの表情を見て何も言えなくなった。

自分と同じくらいに、余裕がなかったからだ。

彼は蜜孔から指を引き抜き、もどかしそうに襯衣を脱ぎ去った。

膝立ちで見下ろしてくる姿に鼓動が高鳴る。筋肉質な上半身は芸術的で、いつまでも見ていたいと思ったが、すぐに目を逸《そ》らした。下衣を押し上げるほどの昂ぶりが視界に入ったのだ。

「愛しすぎてどうにかなりそうだ。……アンリエット、おまえが欲しくて堪《たま》らない」

熱烈な告白とともにのし掛かってきたヴィルヘルムは、アンリエットの肌に張り付いていた夜着を取り去った。

（あ……）

乳房が露出しそちらへ気を取られているうちに、彼が自身の下衣を寛《くつろ》げた。初めて見る男性器の禍々《まがまが》しい造形に、思わず息を詰める。

「もう、我慢できない」

両膝に手をかけられ、左右に割り開かれる。彼の愛撫《あいぶ》で濡れそぼったそこは期待に満ちあふれ、誓約紋の熱が増した。

肉筋にひたりと陽根を押し当てられると、ずっしりとした質量に腰が引けそうになる。閨での行為について知識はあるが、想像よりもずっと生々しかった。

だが、ヴィルヘルムの昂ぶりを直に感じるだけで、胸が締め付けられる。彼が自分を欲し、望んでくれているのだとわかるから。

「アンリエット、おまえは一生俺から離れられない。覚悟しておけ」

「んぁ……ッ……あぁ……！」

ずぶり、と卑猥《ひわい》な音を響かせながら、肉槍の先端が狭い入り口をこじ開けていく。

痛みはないが異物感が凄《すさ》まじかった。隘路《あいろ》を満たすその感触に息を詰め、無意識に彼の腕に縋りついた。何かに捕まっていなければ、衝撃に堪えられなかったからだ。

「っ、く……」

かすかに吐息をついたヴィルヘルムが眉をひそめた。額に滲む汗が顔の輪郭を辿り寝具の上

へ落ちる。彼に纏《まつ》わるすべてが壮絶なほどの色気を放ち、アンリエットの心臓を貫いた。

理屈ではなく、心と身体が喜んでいる。彼とひとつになることは、産まれたときから決まっていた運命なのだと思えるほどに。

(わたくし、ヴィルヘルム様の番になれたのだわ)

彼が膣壁を押し拡げて中に入ると、下腹部の紋から全身に淫熱が伝った。初めての行為だというのに、なぜだか痛みはない。それどころか、胎内は淫蕩《いんとう》な悦《よろこ》びに打ち震えている。

ヴィルヘルムが慣らしてくれたおかげもあるだろうが、それにしても身体への負担がほとんどないのが不思議だ。

「……つらくはないようだな」

「は……い。ヴィルヘルム様のほうが、よほどおつらそう……」

「俺は、想いを果たせて我慢が利かなくなっているだけだ」

千切れそうな理性を繋《つな》ぎ止めているから苦しいのだとヴィルヘルムは言う。本能を押《お》し留《とど》めなければ、アンリエットを壊してしまいそうで怖いのだ、と。

「レーリウスの皇帝にとって番は……アンリエットは、俺のすべてだ。この腕の中に閉じ込めて誰にも見せずにいたい。だが、それはおまえの意思を無視することだ。おまえに嫌われては生きている意味がない」

熱烈な告白だった。竜の加護を受けた国レーリウスの皇帝は、番に対しての愛が深いだけではなく、己の命と同等に思っている。

ヴィルヘルム自身や加護についてのことなど、これまで知らされなかった事実は多い。けれど、それでも彼から向けられる感情は心地よく、理解が深まるたびに彼を好きになるだろう予感がある。

「わたくしは……ヴィルヘルム様の番となれてよかった。ですから、どうか……苦しまないでください。あなたを嫌うことなど、生涯ありえませんから」

肉壁を襲う圧迫感に苛《さいな》まれながらも微笑んで見せると、ヴィルヘルムが息を呑む。

次の瞬間、思いきり腰をたたき付けてきた。

「あ、ああっ――……！」

それまで高められていた蜜襞が収縮し、恥部から透明な液体が吹《ふ》き零《こぼ》れる。しかし彼は些末《さまつ》なことには構わずに、欲望の塊でアンリエットの最奥を穿《うが》った。

果実が押しつぶされたような淫音を響かせ、肉棒を抜き差しする。ヴィルヘルムの動きは苛烈で、息すら満足にできぬまま揺さぶられた。

「ヴィル……さまぁっ……」

粘膜が絡み合い摩擦されると、思考も身体も喜悦で満たされる。激しい抽挿で腰が浮き、左にされた。

右の足が彼の太ももにのせられる。すると今度は胸を鷲づかみにされ、ぐにぐにともみくちゃ

「感じているな」

「や……ぁっ、そんな……」

「誓約紋は、快楽を増幅させる効果があると聞く。……番とより深く繋がり、子を成しやすくなるらしい」

ヴィルヘルムに刻まれた誓約紋に、そのような効果があるとは初耳だった。破瓜《はか》の衝撃がやわらいでいるおかげで、快感を得やすくなっているのだ。

(でも……それだけではないわ)

彼が相手だから、安心して身を任せている。大切に扱い、アンリエットだけを愛すると決めて番にしてくれた人だから、彼を前にすると常に幸福感で満たされる。

「少し、強くするぞ」

ヴィルヘルムは掠《かす》れた声で告げると、それまでよりも重い突き上げでアンリエットを責め立てた。逞《たくま》しい雄芯で媚肉を摩擦され、怖いくらいの悦で全身が小刻みに震える。生理的な涙を浮かべながら、ただひたすら彼に貪られるしかできない。

「アンリエット……俺の、俺だけの番だ」

骨に響く抽挿で朦朧とする中、彼の呟きが耳に届く。その声は切実で、胸に迫るものだった。愛しい、とアンリエットは思った。ヴィルヘルムから向けられる真っ直ぐな熱情を、独り占めできるのは嬉しい、とも。

「ヴィル、ヘルム……さ……っ、んぁあっ……」

この気持ちを伝えたいと思うのに、口から零れるのは喘《あえ》ぎのみだった。

ヴィルヘルムは体勢を変えると、身体を密着させてくる。彼の汗ばんだ肌も、熱い吐息も、アンリエットの愉悦を押し上げる。

(気持ち、よすぎて……おかしく、なる……！)

雄槍が膣内の愛液を攪拌《かくはん》し、ぐちゅぐちゅと音を立てる。擦り立てられた媚肉は熟れきって弾ける寸前だった。

最奥をこれでもかというほど抉《えぐ》られて腰が跳ねる。アンリエットはすでに思考を放棄し、ただただヴィルヘルムから与えられる淫悦に耽溺《たんでき》した。

「あぅっ……駄目……ヴィル、さま……ぁっ」

質量が増した肉塊が隙間なく蜜窟を満たし、うねる媚壁を削っていく。彼と重なった身体はまるで最初から運命付けられていたようにしっくりきた。

病床に臥して余命に怯えていた日々も、ヴィルヘルムに会うまでの試練だったのかもしれない。そう思えるくらいに幸せだった。

胸がいっぱいになり、目尻に涙が浮かぶ。想いが少しでも伝わればいいと彼の背に腕を回せば、呼気を乱したヴィルヘルムが囁《ささや》いた。

「おまえの中がよすぎて、ずっと入っていたくなる」

「んっ、はぁ……っ、これから……ずっと、一緒、ですから」

「……ああ、そうだな」

喜悦混じりの声が聞こえたと同時に、腰を抱え込まれた。ふたたび体位を変えたヴィルヘルムは、快楽の頂点へ達するべく腰を振りたくる。

「っ、ぁあ！　ん、く……ゃっ、ああ……ンッ」

呼吸がしづらくなるような突き上げに、悲鳴じみた嬌声を上げる。だが、ヴィルヘルムもまた余裕を失い、ただ番を求める獣のようだった。

「っ、く……！」

「ああ……――っ」

ヴィルヘルムが低く呻《うめ》くのとアンリエットが絶頂を迎えたのは同時だった。

胴震いをした彼に最奥へ白濁を注ぎ込まれると、生温かい感覚が腹部に広がっていく。肉壁は雄茎を深く食《は》み、精を絞り上げるかのように締め付けている。

眉根を寄せ快感に震えていると、ヴィルヘルムは優しく額に口づけをくれる。

（これから、この方とともに生きていけるのだわ）

アンリエットは無意識に微笑むと、体力の限界を迎えて意識を失った。

＊

ようやくこの手でアンリエットを――己の番を抱けた喜びに、ヴィルヘルムの心は歓喜に沸いていた。

（番の存在とは、こうも幸福になれるものなのか）

隣で眠る彼女を見つめているだけで、ひどく満たされている。それは、アンリエットに誓約紋を刻んだときから続いている感覚だった。

ヴィルヘルムがレーリウス帝国皇帝となったのは、前皇帝の父が退位した三十年ほど前だ。普通の人間よりも長い時を生きるレーリウス皇族にとって、つい昨日の出来事のようだと感じている。

ヴィルヘルムが皇帝の座に就くにあたり、皇位を巡って争いなども起こっていない。ひとりいる弟は兄の即位を喜び、その補佐をすると誓っている。

皇位を継承するにあたり、番の選定を、との声が周囲から上がっていた。だが、候補として上がっていた帝国の高位貴族の女性と顔を合わせても、その気になれなかった。

皇帝として子を成すのは義務だと理解しているが、けっして短くない〝生〟をともに生きようと思える出会いがなかったのである。

皇帝の番——皇后の座は、しばらく空位だった。父に呼び出されたのはそんなときだ。

番の件で、重臣から進言があったのかもしれない。

面倒に思いつつ父に会うべく宮を訪れれば、予想していた話題ではなく、ただ惚気《のろけ》られただけだった。

『我が妻に出会った瞬間、私の人生に意味が生まれた。すぐさま求婚し、加護を刻んだのだ。早く自分のものにしなければと必死だったよ』

自分がいかに妻を愛しているかを滔々《とうとう》と語られたヴィルヘルムは、訳がわからず父に問うた。

『なぜ今さらそんなことを？』

前皇帝が己の番を愛していたのは周知の事実だ。

レーリウス帝国建国に際し、時の皇帝と竜が交わした盟約には、『竜族と同様に家族と仲間を大切にせよ』と記されていた。伴侶は生涯ただひとりのみ。己の命と同じ存在として考え、慈しむのだ、と。

盟約により加護を与えられた時の皇帝は、番という名の生涯をかけた伴侶を見つけることになる。

歴代の皇帝と同じく、父もまた番に愛を注いだ。仲睦まじい皇帝と皇后だったが、ヴィルヘルムは〝番〟の意味がわからずにいた。

皇帝が見せた皇后への執着心はすさまじく、片時も傍から離さなかった。息子の目から見ても異様にしか思えず、竜の加護と引き換えに皇族は呪われているのだとすら感じた。

『いつかおまえが番と出会ったときに、すぐに気づけるよう助言をしたまでだ。今はわからないだろうが、おまえもいずれ私の言葉の意味が理解できるだろう』

息子の問いに対する父の答えは、胸に響くものではなかった。

番に対して懐疑的なヴィルヘルムに対し、その素晴らしさを説いても無意味だ。そんなことに気づかない父ではないだろうに、なぜ番に拘《こだわ》るのか。

『竜との盟約により、我が国が繁栄してきたのは事実です。皇帝として責務はまっとうしますが、俺は番に対してそこまでの愛情は注げないでしょう』

率直に伝えたところ、父の隣に座っていた母が穏やかに微笑んだ。

『ヴィルヘルム、あなたは誇り高き竜の友、レーリウスの名を継ぐ者よ。しかるべき時がくれば、あなたはその身をもって〝愛〟を知るでしょう』

父や母は揃《そろ》って番の素晴らしさについて語ったが、ヴィルヘルムを急《せ》かすようなことは言わなかった。あくまでも、時が満ちるのを待っていた。

だが、前皇帝は息子の番を見届けることなく逝去した。寿命だった。

加護があるとはいえ死は訪れる。父は、最期の瞬間まで己の伴侶を遺《のこ》していくことを心配し、息子に『母を大切にせよ』と言い残してこの世を去っている。

父の死後、朗らかで明るかった母は人前に出ることがめっきり減ってしまった。

番の一方が亡くなれば、もう一方も時を待たずに後を追う。ほぼ例外なく緩やかに衰弱し、寿命が尽きるのだ。それは、皇室の記録にも残っている事実だった。

ヴィルヘルムの母も、これまでの歴史と変わらぬ道を歩んでいた。最近では寝台から起き上がることも少なくなり、すっかり老け込んでしまった。

そんなときだ。シュナーベル王国の国王から書簡が届いたのは。

最初は無視していた。だが、娘のために食い下がるシュナーベル国王に、わずかばかり好感を持った。そこに私利私欲を感じなかったからだ。

しかしこの時点では、国王の依頼を受け入れるかどうかは決めていなかった。

他国では竜の加護が不老不死だと誤解されているが、加護とは万能でもなければ、病を完治させられるわけでもない。

ただ、尽きかけた命の火を繋ぐ術はある。けれどもそれは、ヴィルヘルムの今後の人生が大きく変化することを意味していた。

〝番の加護〟を相手に刻む必要があるからだ。

父が逝去したことで、ヴィルヘルムには『番を迎えて世継ぎを』との声がこれまで以上に多く届いていた。臣下の進言はごく当然であり、皇帝として応える義務がある。

だが、父母の言葉が頭に残り、政略的に伴侶を得るのは気が乗らなかった。

そんなとき、シュナーベル国王の懇願に応える形で足を運んだのだ。国王が娘を想う気持ちに、わずかに心惹《ひ》かれての行動だった。

ところが――アンリエットは、国王の願いも虚《むな》しく、長きに亘《わた》る闘病生活で生きる気力を失っていた。

『お父さま、お母さま、ごめんなさい……もう、殺して……』

眠っている彼女から途切れ途切れの譫言を聞いたとき、心臓が痛くなった。頬にある幾筋もの涙の痕を見て、今まで感じたことのない焦燥を覚えた。

父母に謝罪し、死を望む彼女は痛々しかった。頬は痩《こ》け、腕も棒きれのように細く、青白い肌は病の進行が深刻なのだと察せられた。

――この娘を助けたい。

当然のようにそう思った。特別慈悲深いわけでもなければ、政治的な理由でもない。単純に、アンリエットの命が失われるのが嫌だった。

今は閉じている瞼が開いたとき、彼女の目に映るのは自分でありたい。どのような目の色、声色をしているのか。想像すると胸が弾み、早く目覚めればいいと切に願う。

なぜそう感じたのか、明確に言語化できない。ただ、心が叫んでいる。この娘を手に入れ、生涯をともに生きるのだ、と。

そのとき初めて、以前父母に言われた言葉を理解した。

過去には当然、政略的に伴侶を得た皇帝もいただろう。加護を与え、番となった女性を慈しみ、国の繁栄に尽くす姿は、一国を統べる皇帝としては正しい姿だ。

だが、ヴィルヘルムの父は、己の心に従って番を選んだ。そして、息子である自身もまた、真の番と出会ったのだと本能的に察知した。

竜との盟約により、番に加護を刻めるのは生涯一度きり。加護を与えた瞬間から、その人間の容姿はほぼ変わることはなく、たとえ病に罹っていたとしても快癒する。加護とは人の身には強力で、命の期限すらねじ曲げる力がある。

竜の住まう土地は豊穣《ほうじょう》になり、空気も水も澄み渡っている。皇族ほどではないにせよ、帝国民もまた他国に比べて長寿だ。アンリエットに加護を与えて帝国に移住させれば、彼女は間違いなく健康を手に入れるはずだ。

――一日も早く番にし、病の苦しみから解放してやりたい。

気持ちが逸《はや》ったヴィルヘルムは、父から教えられた加護の詠唱を唱えようと口を開く。しかし、言葉を放つことはなかった。彼女の意思を聞いていないからだ。

強引に番にすることはできる。それでも、アンリエットの気持ちを聞いておきたかった。選択肢はないに等しいが、眠っているうちに誓約紋を刻む真似をしたくない。

ヴィルヘルムがそんなふうに他人を思いやるのは初めてだ。

感情的になるのを由とせず、常に冷静沈着だった。めったに笑わないことから、『今代皇帝は人の血が流れていない』などと陰で噂《うわさ》されることも多い。竜の加護を色濃く継いでいる黒瞳を持つゆえに、人とはかけ離れた存在だと言われてもいた。

けれど、目の前で苦しんでいるアンリエットを見ていると、身体の内側から湧き出る感情が抑えられない。

――早く目覚めて、声を聞かせてくれ。

そうして願うこと七日。高熱に魘されていた彼女はようやく意識を取り戻した。そこで選択を迫ったヴィルヘルムに、アンリエットは迷いなく番になると宣言したのである。

「それにしても、二年は長かったな」

性交の疲れでまだ眠る彼女の髪を撫でながら、ヴィルヘルムの口元に苦笑が浮かぶ。それはとても珍しい現象だった。

（番を……アンリエットを得て、俺はずいぶんと人間らしくなった）

レーリウス城に到着した際、ヴィルヘルムはアンリエットを抱き上げた。彼女に撫でてもらっている竜のシリルが羨ましく、自分に意識を向けたかったのだが、周囲はひどく驚いていた。普段の皇帝の姿を知る人間であれば無理もない。

彼女を待っていた二年の間は、永遠に感じるほど長かった。手紙のやり取りはしていたがそれだけでは足りず、何度顔を見に行こうとしたかしれない。

でもそうしなかったのは、アンリエットの意思を尊重したかったからだ。

祖国で家族と暮らす時間を大事にしてやりたかった。病に苦しめられた彼女が得た貴重な時間を邪魔するべきではないと、竜の背に乗って王国へと飛び立とうとする気持ちを抑えていた。

今ならば、父と母の言葉だけではなく心も慮《おもんぱか》ることができる。番の存在がどれほどかけがえのないものだったのかを、身をもって思い知ったから。

「……ヴィル……さま……」

身じろぎしたアンリエットから寝言が零れた。自分が彼女の夢に出ているのだと思うと、たとえようのないほど嬉しく感じる。

（今は、何も心配せずに眠ればいい）

近く、国内の高位貴族を招いたパーティがある。もちろん、皇后となったアンリエットの披露が目的だ。

しかしヴィルヘルムは、そんなことよりも彼女と親交を深めるほうが重要だと思っている。十代のほとんどを寝台で過ごしたアンリエットに様々な経験をさせたいし、見せたい景色もたくさんある。

何をすれば喜んでくれるのか。腕の中で眠る彼女の額に口づけを落とし、考えを巡らせるヴィルヘルムだった。

第二章　愛されるのがお仕事です⁉

レーリウス帝国へ来てから三日が経った。

その間アンリエットは、与えられた部屋からほぼ出ることが適わなかった。主に、夜の営みのせいである。

（まさか、毎晩……だなんて）

思い出してしまい、頬が熱くなってくる。

嫁いでからというもの、ヴィルヘルムは時間が許す限り傍にいてくれる。夜は寝台で、昼は執務の合間に部屋を訪れた彼と一緒に過ごしていた。

さすがに公務に支障が出ないかと心配したが杞憂《きゆう》だった。なんなら通常よりも早くに公務を終わらせていると侍女のネリーから情報を得て、安堵したアンリエットである。

「ご所望の歴史の授業ですが、まだ教師が決まっていないそうです」

自室で午後のお茶をしていたところ、菓子の用意をしていたネリーが声を潜めた。

「わたしをここまで連れてきてくださった騎士さまからお伺いしたんです。なんでも、教師の選定に陛下が直々に関わっているうえに、何人もの候補を却下されたとか」

「えっ、そうなの？」

帝国は謎に包まれている部分が多くある。竜の加護についてや建国の歴史、この国の主要貴族らと皇室の関係性について学びたいとヴィルヘルムに頼んでいたのだが、まさかそこまで難航しているとは予想外だ。

「引き受けてくださる方がいないのかしら？」

「騎士さまのお話では、陛下の愛の深さゆえだとおっしゃっておりましたよ。前皇帝陛下と皇太后陛下も、たいそう仲がよろしかったようですし」

ヴィルヘルムの父である前皇帝は数年前に逝去している。皇太后は存命だというが現在臥しているようで、まだ拝謁できずにいた。

帝国の状況は他国には窺《うかが》い知れず、こうして話を聞くまでは知らないことばかりだ。

「ネリーがいろいろ話を聞いてきてくれるから助かるわ。わたくしは会話どころか、お城の方とほとんど顔を合わせていないもの」

ヴィルヘルムからは、『専属護衛が決まるまで部屋の外に出ないでくれ』と頼まれている。彼に心配をかけるのは本位ではないため従っているが、どちらにせよ連夜の交わりで動けそうもなかった。

「本当は部屋の外に出たいのだけれど……焦っては駄目よね。護衛が来てくれれば外出もできるだろうし、少し落ち着いたら体力作りも再開したいわ」

笑顔で告げると、ネリーの表情が曇った。いつも明るい彼女の珍しい態度に、アンリエットは小首を傾《かし》げる。

「何かあったの？」

「……いえ。お城の皆様は、わたしにも丁寧に接してくださいます。ただ、なんというか……一線を引かれている気がするのです」

まだ城に来て間もないためしかたのないことだが、それでも使用人たちからよそよそしさを感じるのだとネリーは語る。

「この国の方々は、結束力が強いのでしょうね。よそ者を警戒しているのだと思います」

「そう……それは楽しみだわ」

「えっ、どうしてですか？」

結束力の強さは、ともすれば排他的になる。他国から嫁いできたアンリエットにとっては、歓迎すべき状況ではない。

懸念を口にするネリーに、アンリエットは笑みを崩さず答えた。

「この国の一員として認めてもらえたら、親しみをもって接してくれるのでしょう？　皆に受け入れられるかどうかは、わたくしの努力しだいだもの。いくらでも頑張れるわ」

自分の力ではどうにもならないことはある。たとえば、アンリエットを蝕んでいた病など、その最たるものだ。

だが、今回は違う。人間関係は、自分の行動しだいで構築することができる。寝台の上で無力さに涙した過去を思えば、努力の余地があるのはありがたかった。

ヴィルヘルムからもらったのは、健康な身体だけではない。前向きに今を生きるという考え方になったのも、彼のおかげと言える。

「本当に逞しくなられて……。ですが、鍛錬と称してお部屋を抜け出すのはおやめくださいね。それに、使用人に交じって仕事をするのもいけませんよ？」

シュナーベル城にいたころのアンリエットは、体力作りの一環として城の敷地内を隅々まで歩き回っていた。出会った使用人に頼み込み、庭師と一緒に花の手入れをしたり、馬丁と馬の世話をしたこともある。

長く寝たきりだったため、何をしても楽しめた。王女らしくない行動ではあったものの咎《とが》められることはなく、父母をはじめとする城の人々は、動き回るアンリエットを温かく見守ってくれたのだ。

「さすがに、ここではしないわ。体力作りも大切だけれど、わたくしにはほかにも大事なお役目があるもの。まず、ヴィルヘルム様の御子を無事に産まないと」

彼の番になったからには、世継ぎの誕生は責務である。番としか子を儲《もう》けられないにもかかわらず、生涯ただひとりの伴侶にアンリエットを選んでくれた。その想いに応えるためには、なんとしても丈夫な子を儲ける必要がある。

「だけど、御子を産むには体力が必要よね。筋肉ももう少しつけておいたほうがいいかしら？」

「……ほどほどになさらないと、ドレスが合わなくなってしまいますよ？」

困ったようにネリーが言ったとき、部屋の扉が開いた。

「アンリエット、少しいいか？」

「ヴィルヘルム様……！　もちろんです。ちょうどお茶をしていたところなので、一緒にいかがですか？」

「魅力的な誘いだが、今は別件で来た」

ヴィルヘルムの視線が扉の外へ向く。つられてそちらに目を向けると、騎士服に身を包んだ女性が直立不動で立っていた。

「あの方は……？」

「アンリエットの専属騎士に任命した。名は、エルシャ・ブロスト。師団の中でも実力者だ。――ブロスト、入室を許す。我が妻に挨拶せよ」

「はっ！」

胸に拳をあてて一礼した女性騎士は、アンリエットの目の前で膝をついた。

「皇后陛下の護衛騎士の任を頂戴し、参上いたしました。第一師団所属、エルシャ・ブロストと申します。御前に侍る光栄を賜り恐悦至極に存じます。皇后陛下の御身、この身にかけてお守りする所存にございます」

しかつめらしい挨拶を述べたエルシャにやや驚きつつ、顔を上げるよう声をかけた。

「ヴィルヘルム様が推薦する方なら、安心してお願いできるわ。これからよろしくね」

「信頼にお応えできるよう努めてまいります」

目の前の女性騎士は、端的に表すならとても凛々《りり》しい。立ち居振る舞いが上品で貴族の子女だと窺えるが、栗毛《くりげ》色の髪は男性のように短かった。おそらくは、騎士として身を立てていくという意思の表われだろう。

「ヴィルヘルム様、ありがとうございます。じつは、体力作りをしたいと思っていたのです。ブロスト卿《きょう》が護衛についてくれたなら、部屋の外に出ても大丈夫ですか？」

「ああ。城の敷地内であれば構わない」

言いながら、ヴィルヘルムはアンリエットの腰を引き寄せた。自然に腕の中に囲われてしまい、思わず彼を見上げる。

ヴィルヘルムは、一緒にいると当たり前のように触れてくる。そのたびに鼓動が弾むのだが、困るのは自分が慣れつつあることだ。

彼のぬくもりを感じることに、違和感がなくなっている。気づくととても恥ずかしく、頬が熱くなってくる。

「アンリエットはいつ見ても綺麗だ」

「あっ、ありがとうございます。ヴィルヘルム様も素敵です！」

「おまえにそう言われると、この世に生まれてよかったと思えるから不思議だ」

素直な気持ちを伝えたところ、美しい黒瞳が甘く細められた。ヴィルヘルムから向けられる感情やまなざしは心地よく、アンリエットはうっとりとしてしまう。

（綺麗というなら、この方のほうがよほど綺麗だわ。どこをとっても完璧だもの）

彼を思うと胸が温かくなり、幸せにしたいと考えている自分がいた。

しばらくじっと見つめ合っていると、ネリーが小さく咳払《せきばら》いをする。

（わたくしったら！　うっかり見蕩《みと》れてしまったわ）

ヴィルヘルムを前にすると、つい浮かれてしまう。心の中で自分を戒めると、表情を改めた。

「先ほど聞いたのですが、教師が決まらないとか……。わたくしが至らないばかりにお手数をおかけして申し訳ありません」

「おまえに関わることは手間だと思わない。教師は適任者がいないというよりも、男が多いから却下しているだけだ」

アンリエットが男性教師に授業を受けるのが嫌なのだとヴィルヘルムは言う。

「心が狭いと自分でも思う。だが、ほかの男がおまえの目に映るのは耐えられない。だから、護衛騎士もブロストにした」

「そうだったのですね……」

その徹底ぶりに驚きを隠せずにいると、それまで控えていたエルシャが起立する。

「おそれながら、皇后陛下に申し上げます。皇帝陛下のお言葉ですが、お心が狭いというわけではございません。竜の加護を継承している皇族の皆様は、例外なく伴侶の方々に並々ならない愛を注いでいらっしゃいます」

エルシャの説明によると、ヴィルヘルムが過保護なのは竜の加護によるものだという。

彼に纏わる話題に、アンリエットは食いついた。

「ブロスト卿、もっと詳しく教えてくださるかしら？　わたくし、この国についてはまだ不勉強なことが多いのです」

「いえ、今の話は誰でも知っていることなので……」

「わたくしには、今一番必要なことだわ」

帝国に来たばかりで知人もいない。この国に対して造詣を深めたいと思うのに、機会に恵まれていないのだ。

(そうだわ……!)

「ブロスト卿に、教師をお願いできないでしょうか?」

ヴィルヘルムが男性教師を嫌がるのなら、女性に担当してもらえばいい。アンリエットに必要なのはこの国の作法や歴史であり、いわば帝国民の常識である。これから行動を共にするエルシャが教師を務めてくれるなら、彼も安心できるはずだ。

そう説明したところ、ヴィルヘルムは「なるほど」と関心を示す。

「たしかにそれはいいかもしれない。ブロスト、頼めるか」

「陛下のお言葉はありがたく存じます。ですがわたしは、皇后陛下の教師になれるほどの教養はございません」

「ブロスト卿、そんなに堅苦しく考えないでいいのよ。わたくしと世間話をするつもりでいてちょうだい」

「は……いえ、護衛が皇后陛下と気安く話すなど……」

「わたくしは、この国に来たばかりでまだ知人もいないの。早く馴染むためにも、まずは自分に近しい人たちと交流したいと思っているわ。せっかくだから、今から一緒にお茶を飲みましょう。あなたのお話を聞かせてくれると嬉しいのだけど」

にっこり微笑んで告げると、エルシャが声を詰まらせる。

少し接しただけでもわかるほど堅物な彼女からすれば、アンリエットの申し出は困るに違いない。しかも、主であるヴィルヘルムからも命じられれば退路がない。

あまり強引な真似はしたくないが、時に意思を明確にして我を押し通すことも必要だ。

ただでさえ嫁いできたばかりの身で、できることは限られている以上、エルシャとは距離を縮める必要があった。

しばらく考え込んでいた彼女は、やがて「承知いたしました」と恭しく頭を垂れた。

「謹んで拝命いたします」

「頼んだぞ、ブロスト。俺の大切な〝番〟だ。何をおいてもアンリエットを守り抜け」

「御意」

ヴィルヘルムはエルシャにひとつ頷き、アンリエットに向き直る。

「近くおまえのお披露目《ひろめ》日パーティを開く。詳細はブロストから聞いてくれ」

「承知しました。それまでに出席者のお名前を覚えなければいけませんね。できれば一覧表をいただけるとありがたいのですが」

「すぐに用意させる。だが、無理はするなよ」

部下の前とはまったく違う顔でヴィルヘルムは微笑み、手の甲でアンリエットの頬を撫でた。労《いたわ》るような優しい手つきに胸がときめく。

(ヴィルヘルム様は、臥せっていたわたくしを知っているから心配してくれているのね)

「これでも体力はつきましたし、今は自分にできることがあるのが嬉しいのです。ですから、頑張らせてください」

「わかった」

アンリエットの意を汲んだヴィルヘルムが、名残惜しそうに頬から手を離す。時間があるときは茶を飲んでから執務室へ戻るのだが、今はあまり余裕がないようだ。気づけば彼の部下が扉の外で待機している。

「お忙しいのに来てくださってありがとうございました」

「おまえに会う時間ならいくらでも作る。……また夜に」

耳もとで甘く囁いて彼が立ち去る。一瞬で顔が熱くなり、離れがたい衝動に駆られる。

(……わたくしばかりがドキドキしている気がするわ)

そっと耳を押さえたアンリエットだが、気を取り直してエルシャに目を向ける。

「それじゃあさっそくお茶にしましょうか。ネリー、あなたも一緒に休憩しましょう」

「アンリエット様がお望みでしたらしかたありませんね。ご用意いたします」

断っても無駄だと察しているのは、長年侍女として仕えているゆえである。ネリーは手際よく三人分の茶を淹《い》れ、茫然《ぼうぜん》としているエルシャにソファを勧めた。

「どうぞ、おかけください」

「……本当によろしいのですか？　臣下が主君と同じ卓子につくとは……シュナーベル王国では珍しいことではないのでしょうか」

「いいえ、王国でもそうそうございませんよ。ですが、アンリエット様はブロスト卿との会話を望んでおられます。公の場ではありませんし、何より主がお許しです。問題ありません」

茶を淹れ終えたネリーが、アンリエットの対面に腰を下ろす。それを見たエルシャは、おずおずとその隣に座った。

「まずはお茶を楽しみましょう。ネリーの淹れてくれる紅茶は特に美味《おい》しいの」

朗らかに話しかけながら、アンリエットは改めてエルシャを見つめた。

念願の護衛が来てくれたことで、行動範囲も格段に広がるだろう。ようやく皇后として第一歩を踏み出せると思うと、身が引き締まる気がした。

「ブロスト卿、畏《かしこ》まらなくてもいいわ。わたくしたちは、これから長い間を一緒に過ごすことになるのだもの。少なくともこの部屋の中では、身分に関係なく話をしてほしいの。教師としては、この国の常識を中心に教えてくれると助かるわ。先ほどの皇室と竜の関係についてもそうだけれど、王国出身のわたくしはわからないことが多くて」

嫁ぐまでにあった猶予は、体力の回復や一般的な后教育が中心の生活だった。そのため、王族として礼儀《マナー》は学んでいる。

現在必要に迫られているのは情報だ。お披露目日パーティまでに、ある程度集めておかなければならない。これはただのパーティではなく、皇后の資質を問われる場でもあるからだ。

ちなみに帝国の内情は他国へほとんど流れていない。間諜《かんちょう》を紛れ込ませようとしても、不思議とその存在が明らかになってしまうという。漏れ伝わる話によれば、竜が深く関係しているようだ。彼らは自分たちの縄張り意識が強く、侵入者は容赦なく食い殺すとも聞いている。

「もちろん、差し障りのない範囲で構わないの。どうしても必要な情報は、ヴィルヘルム様にお伺いするし、あなたに迷惑はかけないと約束するわ」

「わたしの迷惑など……」

エルシャは一重の瞼をパチパチと瞬かせ、自身を落ち着かせるように息をつく。

「皇后陛下は、臣下にも心を砕いてくださるのですね」

「そんなに大層なことではないわ。わたくしは、寝たきりの時間が多かったの。皆の助けがなければ、生きていることはできなかった。だから元気になった今は、迷惑はなるべくかけたくないし……もしも困っている人がいれば力になりたいわ」

それにはまず、帝国への理解を深めねばならない。国を知れば、統治者であるヴィルヘルムや竜について知ることにも繋がる。レーリウスの地に興味を抱くことは、皇后として在るべき姿と言える。

「ブロスト卿。手始めに聞きたいのだけれど……この国の人々は、他国出身の皇后についてどう思っているのかしら？」

何気ない口調で尋ねたアンリエットに、エルシャが瞠目《どうもく》した。

「何者かが皇后陛下に不敬を働いたのですか？　でしたらすぐに対処を」

「いいえ、そうではないわ。これまでの帝国の在り方を見れば感じるものがあるというだけよ。他国との交流をいっさい絶っているのは、理由があるのでしょうし」

エルシャからは排他的な言動を感じない。それは彼女が騎士だからかもしれないし、もしかすると別の理由かもしれない。

こういった不明瞭な状況のとき、アンリエットは当人に尋ねるようにしている。人づてに聞くよりも、誤解が生じる可能性が少なくなるからだ。

エルシャから視線を外さすに問えば、彼女はごくりと息を呑む。

「皇后陛下に含みを持つ者はおりません。……ただ、過去にあった事件の影響で、他国民に対して複雑な心情を抱く人間がいるのは事実です。今は特にシリル様の番の出産も控えておりますし、敏感になっているのでしょう」

「もしかして、密入国者が竜を捕獲しようとした事件？　皇帝の番を誘拐しようと企む侵略者や、竜を捕獲しようとした密入国者がいたと聞いたわ」

「ええ、ご存じでしたか」

「帝国に来た当日に、ヴィルヘルム様が説明してくださったの」

彼との会話を思い出しながら告げると、エルシャの表情が曇る。

「……この国の民が他国の者へ抱く複雑な感情は、帝国の歴史に関係しているのです」

それはまだ、レーリウスの地が竜の住処となる以前。

心ない人間により竜の子が攫われ、怒り狂った親竜により大陸が滅ぼされかけた。そのとき竜の子を救ったのが、時のレーリウス皇帝。つまり、ヴィルヘルムの祖先である。

この事件をきっかけに竜の加護を得た帝国は、それまでになく国が栄えた。当時はまだ他国との交易も盛んに行なわれ、民は頻繁に行き来していた。

だが、平和な時代は長く続かなかった。帝国の繁栄を快く思っていなかった他国の人間が皇帝の番を誘拐しようと画策したうえに、竜の加護を我が物にするべく侵略してきたのである。

「始まりの竜との盟約により加護を得たことで、代々の皇帝は伴侶に対する執着が凄まじいと聞きます。このとき番を誘拐されかけた皇帝は、侵略者たちをわずか一日で討ち滅ぼしました。その後、他国との国交を断絶したのです」

しかし周辺国との国交を絶った当初は、竜を目当てに戦を仕掛けてくる国もあれば、竜を攫おうと目論む密入国する悪党も存在した。

その都度皇帝は交戦し、敵をことごとく打ち破った。いつしか帝国は強者としてその名を知られるようになり、現在は名実ともに大陸の覇者である。

そう語るエルシャは、どこか誇らしげだった。

「子竜の拐かしは建国前の話ですし、国交を断絶したのは数百年前の出来事です。口伝でも残っていないのでしょう。ただし我が国では、帝国学院へ入学した際に必ず学ぶ事件です」

ちなみに番の誘拐を企んだ国は、ドニ大陸の地図から消えた。アンリエットの祖国、シュナーベル王国より遥《はる》か西にあった砂漠の国だという。

わずかの間、過去の事件に想いを馳《は》せる。

帝国の歴史は、そのまま皇帝と番の歴史でもある。当時の皇帝たちがどのような道を歩んできたのか、その足跡を辿りたくなった。ヴィルヘルムと自分の状況にも通じるからだ。

「そのような歴史があれば、他国からきたわたくしに複雑な心境を抱くのも頷けるわ。もちろんシュナーベル王国は、かつて事件を起こした国のように卑劣な真似はしないけれど……言葉だけでは、信用してもらえないわね」

「皇后陛下に責任があるわけではございません。ただ、此度の婚姻は皇帝陛下にとって喜ばしいと思う一方で、他国が我が国に介入するのを警戒しているのです」

「エルシャは、わたくしに何か思うところはないの？」

皇族や帝国に対し忠実であるがゆえに、他国の者に対する心境は察するに余りある。

そう考えての問いだったが、エルシャは穏やかに首を振って見せた。

「わたしは、過去は過去として受け止めています。他国や自国問わず、どんな時代にも犯罪者は現れますし。皇后陛下の出身国がどこであれ、それを理由に排除すべきとは思いません。皇帝陛下のご意思にも反します」

はっきりと言い切ったエルシャの発言は清々《すがすが》しいほどだった。己の中に確固たる信念がある。揺るぎないそれは、皇帝に対する絶対的な忠誠心だ。

ヴィルヘルムが彼女を護衛騎士に任命した理由の一端が垣間見える。自分が大切に扱われていることをありがたく思いつつ、エルシャに告げた。

「あなたの気持ちはわかったわ。それじゃあさっそくお願いしていいかしら？　わたくし体力をつけるためにも、お散歩を日課にしたいの。できれば、あなたのように筋力をつけたいわ」

「えっ……筋力……ですか？」

「ヴィルヘルム様に加護をいただいて、寝台から起き上がれるようになったのだけれど……そのときに気づいたのよ。健康に大切なのは筋力だって。本当は、お散歩だけではなく走り込みをしたいくらいだわ」

爛々《らんらん》と目を輝かせるアンリエットを前に、エルシャは困惑したようにネリーに尋ねる。

「シュナーベル王国では……」

「いいえ。アンリエット様が特別です。普通の貴族は、体力作りを趣味にいたしません」

主人が酔狂だと言わんばかりの侍女の発言である。アンリエットは「心外だわ」と、あえて膨れて見せた。

「皇后たる者、体力も気力も必要だと思うわ。せっかく健康な身体をいただいたのだし、ヴィルヘルム様をお支えするためにできることはなんでもやりたいのよ」

「……なるほど。皇后陛下のお考え、理解いたしました」

エルシャは覚悟を決めたのか、表情を引き締める。

「エルシャ・ブロスト、皇后陛下を全力でお守りいたします」

「ありがとう。それと、『皇后陛下』では堅苦しいわ。わたくしのことは、名前で呼んでちょうだいね」

「かしこまりました。わたしのことも、エルシャとお呼びいただければ。――では、アンリエット様。これからお散歩に行かれますか？　レーリウス城の中庭は見事な花園がございますし、城内をご案内することもできます」

「まあ、行動が早くて嬉しいわ！　では、お城の中を案内してもらえる？　そのときに、いろいろ教えてほしいわ」

この城へ来て、ようやく部屋の外に行けることになり、アンリエットは意気揚々と城内の探索へ向かった。


その後、エルシャの案内で城内の主要な場所へ赴いた。

すれ違う使用人や騎士たちは一様に礼儀正しかったが、どことなく壁がある。ネリーが言っていた排他的な空気を肌で感じることになった。

これは、アンリエットが解決せねばならない課題のひとつと言える。かつて起きた事件をなかったことにはできないが、せめてシュナーベル王国は無害だと信じてほしい。

竜やこの国に危害を加えるつもりはないし、祖国も戦を仕掛けるような国民性ではない。望みはただひとつ。ヴィルヘルムから受けた恩を返し、役に立ちたいだけだ。

「こちらが竜の憩い場になります。シリル様とその番であるカイエ様が寝床として使用しており、陛下とごく少数の世話番のみしか立ち入ることができません」

エルシャの説明を聞きながら、目の前に広がる牧草地を眺める。

シリルとカイエはここを拠点に生活しているようだ。牧草地の奥には大きな石窟があり、そこで寝泊まりをしている。妊娠中のカイエは石窟内から出てこずに、出産に備えているらしい。

「竜たちは自身の背に人間を乗せてくれますが、従属しているわけではありません。皇帝陛下の求めに応じて力を貸してくれるのです」

「では、わたくしを背に乗せてくれたのは、ヴィルヘルム様の番だから?」

「おそらく。……ですが、おふたりをお迎えしたときに、皆は驚いていたのです。シリル様が陛下以外にご自身の首を差し出すのを見たのが初めてでしたので」

「好き嫌いが激しいとお聞きしているけれど……ふふっ、嫌われなくて安心したわ」

微笑んだアンリエットに、エルシャが「それに」と言葉を継ぐ。

「陛下の行動にも驚いておりました。これまでは感情を表に出すことのない方でしたが、アンリエット様の前ではかなり表情が豊かでいらっしゃいました。それに人目も憚《はばか》らず抱き上げておられましたし……あのようなお姿は初めてだったのです」

臣下の間では、『今代の竜帝は情が薄い』と噂されていたという。竜と盟約を交わしたレーリウス帝国皇帝の末裔《まつえい》にもかかわらず、彼は周囲に笑顔を見せることもなければ親しく会話をすることもなかった。

異端にして孤高。それがヴィルヘルムという皇帝だった。

だが、臣下が皇帝に対する忠誠は変わらなかった。為政者としてのヴィルヘルムは優秀で、慣例に囚《とら》われることのなく自らの考えを国政に反映させている。エルシャが師団に入団できたのも、ヴィルヘルムの一声がきっかけだという。

『性別にかかわらず、実力のある者を登用せよ』

軍人や騎士に限らず、それまで男性が多かった国政を担う要職も実力主義とした。身内を大切にするのは長年で培われてきた国民性だが、ともすれば緊張感がなく馴《な》れ合いになる。

他国との交流がない閉ざされた国だからこそ、新陳代謝が必要だというのがヴィルヘルムの考えだった。

「皇帝陛下は、こうと決めたことは必ず実行されるお方です。ただ、保守的な一部の高位貴族からは、急激な変化に対する反発もありました」

しかし、〝始まりの竜〟シリルの番が妊娠し、風向きが一気に変化した。

「長命種の竜は、発情期が数百年に一度の単位でしか訪れないといいます。ですから、竜より短命な人間が子竜誕生に立ち会えるのは奇跡なのです」

「ヴィルヘルム様に異を唱えていた者たちも、奇跡が起きたことで批判の矛を収めざるを得なくなったのね」

竜を神と崇める国において、竜の子誕生は慶事である。数百年に一度の機会が今代皇帝の在位で巡ってきたのであれば、ヴィルヘルムはまさしく竜帝の名にふさわしい。神の采配による運命といえる。

「シリルの子が生まれれば、国を挙げてのお祭りになりそうね」

「はい。文献によれば、竜の子が産まれるにはかなり日数がかかるそうです。まず卵を産み、そこから孵化《ふか》するまでにおよそひと月はかかるとか」

「卵はいつごろ産むのかしら？」

「詳しくは存じません。ですが、懐妊がわかってから二年ほど経過しているので、そろそろ産まれるのではないかという話です」

「それは楽しみね」

アンリエットは、シリルを撫でたときの感触を思い返す。

人間よりも遥かに大きな生物を前にしても、不思議と恐怖はなかった。それどころか、可愛いとすら思っている。

（あっ……ヴィルヘルム様とシリルはどことなく似ているのだわ……！）

美しく威容を誇るその見目も、この世を統べるにふさわしい貫禄《かんろく》がありながら親しみやすい可愛らしさが垣間見えるところも、彼らに共通している点だ。

「いつかシリルの番にも会えるといいのだけれど」

「皇帝陛下のお許しがあればいずれお会いできるでしょう。今は、出産前ということで気が立っているらしく、陛下と殿下のみしか石窟に立ち入ることができないのです」

エルシャから説明を受けていたときである。

「そこで何をしている！」

突如、背後から激しい叱責の声が投げかけられた。

振り返れば、軍服に身を包んだ美丈夫がいた。うなじで結わえた長い赤髪を風に靡《なび》かせながら、大股でこちらに向かってくる。

明らかに怒気を孕んだ相手の態度に驚いていると、エルシャがその場で膝をついた。

「帝国の双璧、ローラン殿下にご挨拶申し上げます」

「貴様は、第一師団のブロストか。なぜこの場にいる」

「皇后陛下に城内をご案内しておりました」

エルシャの声で、ローランの視線が初めてアンリエットを捉えた。威嚇するように細められた目は茶褐色。だが、ヴィルヘルムと同じ髪色を持つ人物は、そう多くはない。

「アンリエット・レーリウスにございます。ご挨拶が遅れたこと、お詫《わ》び申し上げます。ローラン・レーリウス皇弟殿下」

ヴィルヘルムの弟であるローランを前に、アンリエットは礼をとった。

兄とよく面差しが似ているが、若干背が低く、また、髪色がやや明るい。だが、鋭い眼差しは皇族ならではの威圧を放っている。慣れない者が対峙《たいじ》したならば青ざめてしまいそうだ。

「貴様か、兄上の番は。――どこにでもいる平凡な女ではないか」

明らかに侮蔑を含んだ眼差しだった。『おまえを歓迎していない』と態度で示せるのは、ローランが皇族であるゆえのことだろう。

無礼なことこの上ないが、アンリエットの心に怒りはなかった。彼に比べれば、自分がちっぽけな存在なのは自覚しているからだ。

「おっしゃるように、わたくしは平凡な女でございます。ヴィルヘルム様のご厚情で番にしていただいた身。これからの人生は、すべてあの方とこの国に捧げる所存ですわ」

「しおらしい振りをして、いつ本性を現すのか見物だな。身の程は弁えておけ。貴様はただ子を成すための道具に過ぎん。お飾りの皇后なのだと心得るんだな」

剥《む》き出しの敵意を向けられたアンリエットは、気分の高揚を感じていた。

気の遠くなるような長い間、〝死〟に怯えて生きてきた。寝台から見える景色が世界のすべてで、どれほど望んでも外に出ることが適わずに、ただ命が尽きる日を待っていた。

(生きていなければ、感じることができなかったわ)

誰かの悪意に晒されるのは、正直に言えば恐ろしくはある。けれど、すべての経験は〝生〟あってのこと。今この瞬間にローランから注がれている悪意も、大地の草花を揺らす風の心地よさも、命があるからこそ感じられるという点で何も変わらない。

「皇弟殿下は、とても正直な方でいらっしゃいますね。わたくし、感動いたしました」

「なんだと？」

気色ばんだローランに臆することなく、アンリエットは屈膝礼《カーテシー》をした。

「敵意や悪意を隠し、耳に優しい言葉だけを並べ立てることもできたはずです。ですが、殿下はそうなさらなかった。わたくしを無視せず忠告してくださるなんて、お優しいと思います。さすがヴィルヘルム様のご兄弟ですわ」

意外な返答だったのか、ローランは二の句が継げずにいる。

アンリエットは小首を傾げ、この機を逃すまいとばかりに朗々と語り始めた。

「ヴィルヘルム様は、臥せっていたわたくしが目覚めたときから……ずっと変わらずお優しい方でした。感情を表に出さない方だと伺いましたが、とても美しく微笑んでくださいます。それに、常にこちらを気にかけてくださるのです。この世の美を一身に集めた完璧な容貌も素敵ですし、わたくしを軽々と抱き上げてしまわれる筋力も素晴らしいですわ」

　彼の姿を思い出すだけで胸が高鳴り、心なしか頬も紅潮していた。興奮しているのだ。ヴィルヘルムの魅力を正しく伝えねばという謎の使命感に駆られ、さらに言葉を連ねる。

「先ほど城内を案内してもらいましたが、ヴィルヘルム様の肖像画はございませんでしたね。ですからわたくし、肖像画の制作を陛下に進言いたしますわ。玄関ホールに飾れば皆があの方のお姿を目にできますし、使用人たちの志気も上がると思うのです」

「……ふん、本性を現したな。兄上にかこつけて、自分の肖像画を作らせようという魂胆か。そのような方法で皇后としての威光を示そうなど……」

「何をおっしゃっているのですか？」

　蔑むようなローランに、アンリエットは首を捻《ひね》る。

「わたくしの肖像画など意味がないではありませんか。ヴィルヘルム様のものであれば何枚あっても素敵ですが。可能であれば、常に持ち運びできる手軽な大きさの絵姿もほしいところですね。ぜひご検討いただけないでしょうか」

「……は？」

「ですから、ヴィルヘルム様の絵姿を携帯できれば嬉《うれ》しいという話です。玄関ホールに飾るものとは別の角度や衣装なら特別感がありますね……あっ、シリルと一緒の姿でもいいかもしれません。シリルの背に乗って空を飛ぶお姿は、まさに神話に出てくる神々のごとき神々しさでしたわ。ローラン皇弟殿下、ぜひご検討くださいませんか？」

最後は興奮してやや早口になっていたが、伝えたいことは話したので満足する。

（わたくしったら、ヴィルヘルム様のことを話しているうちに熱くなっていたのね）

気恥ずかしい思いに駆られていると、ローランが眉間に皺《しわ》を寄せる。

「皇后として認めてやるかは別だが、発想は悪くないな」

「えっ……」

「肖像画の件だ。我が国の歴史の一部として、兄上の姿を後世に残すのは意義がある。さっそく進言することにしよう」

「ありがとうございます……！」

聞き入れられた喜びで勇んで礼を告げたところ、「勘違いするな」と、冷ややかな視線を向けられた。

「肖像画は貴様のために作成するのではない。意見を採用したからといって、皇后として認められたなどと思うなよ。子を成す以外に、この国で貴様にできることなどない」

「皇弟殿下……！　その言いようはあまりに……っ、アンリエット様は、皇帝陛下の唯一の番でございます。お言葉を慎んでくださいませぬと……！」

暴言を看過できなかったのか、耐えかねたようにエルシャが口を挟む。だが、ローランは、「黙れ！」と忠言を一蹴した。

「たかが護衛騎士が、皇弟のこの俺に意見するか。身の程を弁《わきま》えよ！」

ローランの怒声が空気を震わせる。赤髪が風に靡《なび》く姿は、紅蓮《ぐれん》の炎《ほのお》を思わせる苛烈さだ。

しかしアンリエットは怯《ひる》むことなく、一歩前へ進み出た。

「皇弟殿下、エルシャはヴィルヘルム様より命じられてわたくしの護衛をしているのです。皇帝陛下より賜った仕事をまっとうしているのです。職務に忠実な臣でございます」

アンリエットは笑みを浮かべ、ゆっくりとした口調でローランに語りかける。

「それとも皇弟殿下は、ヴィルヘルム様の命を軽んじられておられるのですか」

「……くだらんことを。そんなわけあるはずがない」

「でしたら、エルシャを軽んじる発言はおやめくださいませ。ひいては皇帝陛下に弓を引く発言になるということ、どうかお心に留めてくださいますよう」

先ほど肖像画について熱く語ったアンリエットはすでにおらず、凛《りん》とした姿だった。

たまに我を忘れるときはあろうと、己の立場を忘れてはいない。仕えてくれている者を理不尽に傷つけられるわけにはいかない。そして、自分の身は自分で守る必要がある。この場合、守るのはヴィルヘルムの名誉だ。

(個人的に侮られるのはまだいい。けれど、やり過ごしてしまえば……わたくしを番にしてくださったヴィルヘルム様の判断を否定することになるもの)

他国から嫁いできたばかりでなんの後ろだてもない皇后だが、ヴィルヘルムの伴侶に選ばれた矜持《きょうじ》はある。ここで意思を示しておかなければ、彼に対して面目がない。

「ふん……兄上の威光を盾にするとは見下げた女だ。番でさえなければ、即刻首を刎《は》ねていたところだというのに忌々しい」

吐き捨てるように言ったローランに、エルシャがふたたび口を開きかけたときである。

『グルゥウゥッ…………──』

地を這《は》うような低いうめきが、石窟の内側から轟《とどろ》いた。それは、〝天の怒り〟といわれる雷鳴にも似ていた。びりびりと空気が振動し、本能的な恐怖を覚える音。子どもや老人ならば、その場に立っていられないほどの重圧感さえある。

(これはいったい……?)

聞いた瞬間、エルシャは素早く立ち上がり、ローランは弾かれたように石窟へと向かった。音の正体について、彼らは見当がついているようだった。緊迫感のある顔つきで周囲に目を配る護衛騎士に、アンリエットは声をかける。

「今のって……なんの音かしら」

「おそらく、カイエ様の鳴き声でしょう」

現在石窟には、シリルとカイエがあり、中に立ち入ることができるのはヴィルヘルムとローランのみだという。それ以外の人間が近づけば、シリルが激しく威嚇するようだ。普段は温厚な竜だが、やはり出産となると信頼している者しか近寄らせないらしい。

竜は胎生ではなく、多くの動物と同じように卵生で、産卵したのちに数週間の抱卵を経て幼竜が孵化《ふか》する。だが、竜の出産についてわかるのはそれだけなのだとエルシャは語る。

「出産自体が稀《まれ》なこともあり、文献にも記録が残されていないそうです。ですから、陛下や殿下も手探りなのだとお伺いしております」

「……そう。ヴィルヘルム様も殿下も、気が休まらないでしょうね」

ローランがやけに好戦的だったのも、かつて起きた子竜の拐《かどわ》かしが関係している。出産間近のこの時期に、他国から来た人間をカイエに近づけたくないのだろう。

「皇弟殿下は、気性の激しい方なのです。そして、皇帝陛下を崇拝しておられます。ですから、陛下からのお言葉であれば聞き入れてくださるのではないかと」

つまりエルシャは、先ほどの一軒をヴィルヘルムに報告しろと言っている。ローランも敬愛する兄から注意を受ければ、表向きだけでもアンリエットへの態度を改めるはずだ。

（でもそれでは、根本的な解決にはならない。それに、お忙しいヴィルヘルム様に心配をかけ

たくないもの）

「この件は、ヴィルヘルム様には秘密にしてもらえる？」

「おそれながら、その命については承服いたしかねます。いつまた皇弟殿下にお会いするかわかりませんし、嫌な思いをされるのはアンリエット様です」

「ありがとう、心配してくれて。でも、このくらいひとりで解決できなければ、皇后という立場は務まらないと思うの」

ヴィルヘルムに相談すれば、間違いなく対処してくれる。けれど、何かあってすぐに泣きつくようでは、この先彼を支えていけないだろう。

ローランは危害を加えてきたわけではなく、真っ向から暴言を浴びせかけてきた。本人にも告げたように、正直な人物だ。もしもアンリエットを排除しようと企《たくら》むなら、いくらでも裏で画策できる地位にいる。にもかかわらずそうしないのは、こちらとしてもありがたい。

「それに、この国で生活していくうえで避けては通れないわ。少なくともシュナーベル王国が竜や帝国に害をなす人間でないのだと示していくのはわたくしの役目だわ」

（そう、これは他国出身のわたくしにしかできないことよ）

『子を成すこと』――それがアンリエットに望まれている役割だ。自分でもそう理解しているし、ローランをはじめとする貴族たちも同じ考えのはずだ。

だが、繋《つな》いでもらった命を、子を産むためだけに使うのではあまりにも寂しい。

「エルシャ、お願いがあるの。わたくしを、図書室へ連れて行ってくれないかしら」

「それは構いませんが……」

「まずは、竜の出産について調べるわ。詳細な記述は残っていないかもしれないけれど、何か手がかりになることがあるかもしれないから」

ひとりでできることは限られている。それでも、自らの意思で行動できる健康な身体があるのだから、何もせずにはいられない。

(今まで漠然と、ヴィルヘルム様のお役に立ちたいと考えていた。けれど、何ができるのかを見極めたうえで行動しないと)

突き動かされるようにして、アンリエットは図書室へと急ぐのだった。

＊

「──ローランが、アンリエットに不敬を働いただと？」

その日の夕刻。執務を行なっていたヴィルヘルムは、極秘で彼女を守らせていた護衛から、石窟前での〝事件〟の詳細を聞いていた。

といっても、今いるのはエルシャではない。専属の護衛とは別に、幾人もの人間が、至る場所に配置され、アンリエットを守っている。もちろん、本人には伝えていない。負担に思わせないようにとの配慮だ。

本当は、常に自分のそばへ置いておきたい。初夜を経て、なおさら想いが強まった。むろん、皇帝としての責務ゆえ、また、彼女の自由を奪わないために実行はしていないのだが。

「ローランを呼べ」

怒気を孕《はら》んだヴィルヘルムの命に、護衛がびくりと肩を震わせる。

帝国には、主に城や各領地の治安を守る騎士団と、他国との戦や自国の防衛を専門にする軍部、そして、皇帝直属の護衛部隊がいる。

今回報告に来たのは、このうちの護衛部隊。すなわち、ヴィルヘルムやその伴侶の護衛を目的とした部隊の一員だ。

彼らは普段人前に現れず、気配を消して対象者を守る。時に諜報《ちょうほう》活動も行なうこともあり、隠密《おんみつ》行動に長《た》けている者が所属していた。

護衛の報告によれば、アンリエットが皇弟ローランと遭遇したという。それも、挨拶もそこそこに、彼女へ暴言を吐いたようだ。

専属の護衛騎士、エルシャは盾になろうとしていたが、皇弟相手では分が悪かった。ローランを制することができるのは、兄であるヴィルヘルム。それに、今は臥《ふ》している皇太后くらいのものだろう。

エルシャは奮闘していたが、目の前にいる護衛部隊は表立って護衛対象に助力することはない。命の危険に晒《さら》される事態でなければ動かないのだ。護衛としては正しいが、アンリエットの身も心も守りたいヴィルヘルムとしては不足だと言わざるを得ない。

「おそれながら申し上げます」

年若き男の護衛は顔から血の気が引いていたが、それでも毅然《きぜん》と主へつげた。

「皇弟殿下は、石窟にこもっておられます。それに、皇后陛下は『ヴィルヘルム様には秘密に』と仰《おっしゃ》っていました」

「秘密、か……」

アンリエットの考えは理解できる。ヴィルヘルムに心配をかけたくないのだ。命を救うために番とし、その結果彼女は健康体になった。事あるごとに『役に立ちたい』と言っているのは、感謝と恩義の表われだろう。

（だが、それよりも俺は、アンリエットの愛がほしい）

誰よりも強く生きる希望に満ちている彼女は、まるで太陽のようだった。長く病に冒されていたからこそ、懸命に今ある生をまっとうしようとしている。その生き様はまぶしく、長い時を生きるヴィルヘルムの心を明るく照らすのだ。

レーリウスの皇族にとって、番の存在は毒であり薬だ。否、生命の維持に必要不可欠な水であり食物でもある。つまり、なければ生きていけないもの。神と崇《あが》める竜との盟約で得た加護は、これまで番のいなかったヴィルヘルムには無意味でしかなかった。

けれど、今は違う。己の中に愛を見出《みいだ》し、すべての情をアンリエットへ注ぐと決めると、驚くほどの多幸感で満たされた。

(祝福と呼ぶにはあまりに危うい感情だ)

竜の加護を得た代償が『番への執着』だと思えてならない。こうしている間にも、アンリエットの顔が見たくてしかたがなくなっているからだ。

これほど誰かに焦がれ、心を砕くことになるとは予想しなかった。だが、愛を知らなかったころにはもう戻れない。アンリエットを愛するまでの自分は、ひどく空虚な生を送っていた。唯一の番を手に入れた喜びを知った今、以前に戻りたいとは思わない。

「……ローランの動向に注意しろ。アンリエットに近づくようなら排除して構わない」

「御意」

本来であれば、己の番に害をなすような真似《まね》は、たとえ相手が皇弟であったとしても許せるものではない。ローランには、相応の罰を与える必要がある。

ただ、アンリエットが望んでいないのなら、少しの間は見守っていればいい。

主の意を汲《く》んで護衛が立ち去ると、ヴィルヘルムは椅子から立ち上がった。

急ぎ確認が必要な書類もなく、面会の要請も入っていない。アンリエットの様子を見に行くにはうってつけの状況だ。

執務室を出ると、その足で図書室へ向かう。現在地からは少し離れた別棟にあるため、本館との間をつなぐ長い回廊を渡る必要があった。

中庭を眺めながら通れるようになっており、時折風が吹き抜けていく。沈みゆく夕日が木々や草花を照らし、まるで火の只中《ただなか》に身を投じているかのようだ。

(景色など今までどうでもよかったのに、不思議なものだ)

たとえば、美しく咲く花を見かけたとき、真っ先にアンリエットに届けたいと思った。

王国の花屋と契約し、定期的に王城に届けさせていたが、自国の花も彼女のそばに置ければと防腐処理を施して贈ったこともある。

名高い細工師に依頼して加工させた宝石も、城の宝物庫に眠っていた稀少《きしょう》な織物も、彼女の慰みになればと手配して王国へ送った。いずれの品にも丁寧な礼状が返ってきたが、受け取ったときは胸が弾んだ。

この城に迎え入れたなら、何者からも護《まも》り、慈しみ、愛するのだと自身に誓っている。

にもかかわらず、身近な人間がアンリエットを貶《おとし》めた。阻止できなかった自身に、ヴィルヘルムは落胆している。

『番は帝国貴族から選ぶべきです。なぜ、わざわざ他国から迎え入れる必要があるのですか！』

二年前、シュナーベル王の求めに応じて王国へ赴いたのも、アンリエットを番にしたのもヴィルヘルムの独断だ。帝国の皇帝の決定は、何人たりとも覆すことはできない。むろん、暴君ではないからこそ、国家を支える重鎮からも支持をされてきた。

しかし、皇帝の番――伴侶については、勝手が違った。国母となる女性は、皇族や高位貴族の認める家系であるべきだというのが、国政に携わっている者の考えだった。

だが、ヴィルヘルムはそれらの声を一蹴した。

始まりの竜と盟約を結んだ皇帝の直系を絶やさぬこと。それは、帝国の頂点に立つ者の責務で、ヴィルヘルムも理解している。しかし、アンリエットを歓迎しない貴族らは、自分たちの娘を皇帝の番に望んでいるだけに過ぎない。

だからこそ、他国の王女を番にすることを快く思っていない者たちへは、この二年の間に対話を持った。番は彼女以外にあり得ないのは、加護を継ぐこの身が一番わかっている。前皇帝の父の言葉は、自ら伴侶を得てからでなければ真に理解が叶《かな》わなかったからだ。

自分だけのことであれば、周囲を納得させようとは思わなかった。アンリエットを迎え入れるため、彼女がつつがなく生活できるように計らおうと動いたに過ぎない。

「……俺の失態だ」

心臓が握りつぶされるような痛みを覚えるのは、竜との盟約も影響している。自分が大切に思う人間を守り抜くように、魂に刻み込まれているからだ。

しかし、それ以上にヴィルヘルムの心が叫んでいる。愛する者をこの手に抱くのなら、何者からも傷つけられてはならないのだ、と。

良くも悪くも、他者に対して思い入れはなかった。為政者としてはある意味正しい姿だが、時に冷酷だと影で囁《ささや》かれている。しかし、歯牙にもかけることはない。なぜなら、ヴィルヘルムにとって優先すべきは国の安定であり、それ以外は些末《さまつ》なことだと思っている。

(自分ひとりならそれでもよかった。でも、俺はもうひとりじゃない。祖国を離れ、この地に来たアンリエットを不安にさせることがあってはならない)

自身を戒めるように、左胸に手をあてたときだった。

「すごいわ、エルシャは男性のステップも踊れるのね……！」

ヴィルヘルムの世界に彩りを与える声が耳に届く。ハッとして声の方向を見れば、夕日に染まる庭でアンリエットがダンスを踊っていた。

護衛騎士を男性役にし、軽やかに舞っている。土の上であっても動きは損なわれておらず、上品で優雅な動きだ。

彼女は美しくしなやかだった。ローランに嫌な想いをさせられただろうに、そんなことを感じさせない。エルシャと踊る姿は楽しげで、報告されていなければ何が起きたかを知らずにいただろう。

アンリエットは、長らく病と闘っていたからか、予想よりも遥《はる》かに我慢強いようだ。石窟での出来事を秘密にしようとする辺りもそれが窺《うかが》える。

(――もう二度と誰にもアンリエットを侮らせない)

自身の〝死〟すら願うほど、病は彼女を蝕《むしば》んだ。ところが今は、苦しんでいたことなど微塵《みじん》も感じさせないほど明るく逞《たくま》しい。

おそらくアンリエットならば、長く生きようとも退屈などしないだろう。世界のすべてを楽しもうとする貪欲な姿勢は、ヴィルヘルムとは対極の生き方だ。

(だからこそ惹《ひ》かれる)

夕日を浴びて踊るアンリエットに見蕩《みと》れていると、不意に彼女が振り返る。視線が絡み、ようやく我に返ったヴィルヘルムは、急いで彼女のもとへと歩を進めた。

「アンリエット」

ヴィルヘルムを見た瞬間に浮かんだ嬉しそうな笑顔に、感情が波を打つ。紫紺の瞳に自分が映ると、目眩《めまい》がするほどの多幸感を覚える。番の存在がこれほど心震えるものならば、竜に授けられた加護が呪いであろうと構わないとすら思う。

（こんなこと、アンリエットにも言えないが）

ヴィルヘルムの世界は、今までよりも鮮明になった。たとえるなら、白黒《モノクロ》にくすんでいた視界が、鮮やかな彩りを得た感覚。もしくは、雨が止《や》み、雲間から射《さ》し込《こ》む光が頭上を照らすような晴れやかな心地だ。

目に映る光景の中でも、心惹かれるのはアンリエットの姿だ。始まりはかすかに興味を惹かれただけだったが、すでにその時点で通常のヴィルヘルムの行動ではなかった。彼女を見たときから、すでに愛し焦がれることは決まっていたのだ。

運命という言葉は嫌いだが、それでも出会いは運命という以外に言いようがない。

沸々と煮《に》え滾《たぎ》るような己の感情を持て余していると、彼女が歩み寄ってくる。アンリエットの周囲は、空気ですら清浄に感じるから不思議だ。

息を弾ませて目の前にきたところで、風に揺れる銀糸の髪に触れた。

「ダンスの練習か？」

「はい。図書室で少し勉強をしたので、次は身体を動かそうと思ったんです。パーティも控えていますし、練習したくて」

アンリエットが動けるようになったのは、実質この一年だ。嫁ぐにあたり教育も受けているが、大勢の貴族が参加するパーティの経験は少ない。だからこうして、ひそかに練習しているのだろう。

「それなら、俺が相手をする」

「えっ……ですが、お忙しいのでは？」

「ちょうどアンリエットに会いに行こうと思っていたところだ」

ちらりと、エルシャに視線を投げる。すると、「後ほど報告に参ります」と一礼し、その場から離れた。

貴人と常に行動を共にする護衛騎士は、察しの良さが重要になる。その点において、エルシャは申し分ない。皇弟ローランを前にしてもアンリエットを守ろうとする忠誠心の高さは、もっとも評価すべき点だ。

予想以上の働きを見せたエルシャに安堵《あんど》し、アンリエットに向き直る。

「弟と会ったそうだな。嫌な思いをさせて悪かった」

「えっ……皇弟殿下とお会いしたのをご存じだったのですか？」

「城内でも、至る場所におまえの護衛は配置している。だが、言葉の暴力から守れるわけではなかった。ローランの暴言は、俺の招いた失態だ」

対話で理解を得られなければ、力で押さえ込むべきだった。アンリエットに悪感情を抱く貴族らを見せしめに牢《ろう》へ繋いででも、彼女の立場を守るのがヴィルヘルムの務めだ。

しかしアンリエットは、穏やかに微笑《ほほえ》んで首を振る。

「ヴィルヘルム様の失態などと思っておりません。すぐに理解を得られないのは予想していましたし、少なくとも殿下はわたくしを害する方ではないとお見受けしました。それに、きっかけがあれば仲良くなれる気がしているのです」

「仲良く……？」

「はい。ヴィルヘルム様をとても慕っていらっしゃいましたし、肖像画のことをお話したところ賛成してくださいましたもの」

アンリエットの話はこうだ。

ヴィルヘルムの肖像画を飾りたいと提案したところ、その件に関してだけはローランの賛同を得た。けっして話の通じない人間ではなく、むしろ正面からはっきりものを言う姿勢は信頼できるものだ、と。

「貴族の中には、巧妙に本音を隠している者も多いでしょう。あの方は、そういった卑怯《ひきょう》さと無縁なのではないでしょうか。わたくしが無害だと知っていただければ、ヴィルヘルム様をお慕いする同志になれると思うのです。いずれは肖像画だけでなく、彫像もあったらいつでもヴィルヘルム様のお姿を見られますわ。想像すると楽しみです」

アンリエットの話は、まったく予想していなかったことばかりだ。悪意を持って接してきた相手と好意的な関係になれると言い、なぜだかヴィルヘルムの肖像画や彫像を城に飾ろうとしている。しかも、本当に楽しそうだから不思議でならない。

「おまえは自身は、何か欲しくはないのか？　なんでもいい。アンリエットの望みであれば、すべてを叶えてみせる」

「……なんでもよろしいのですか？」

「ああ、遠慮せずに言ってくれ」

といっても、彼女は物欲に乏しいのか、何かをねだられたことがない。婚約期間も様々な品を贈っていたが、アンリエットの希望を反映したものではなかった。欲しいものを尋ねても、『お気持ちだけで充分です』と答えてもらえなかったからだ。

（ようやく希望を叶えてやれるのか）

ひそかに安堵していると、彼女がパッと顔を輝かせた。

「では、一緒にダンスを踊っていただけませんか？」

「……ダンス？」

「はい！　エルシャに付き合ってもらって練習していたのですが、ヴィルヘルム様にも確認してもらえればと思っていたのです。パーティには多くの方がいらっしゃるでしょうし、情けない姿は見せられません」

毅然と言い放ち見上げてくるアンリエットに、ヴィルヘルムは驚嘆する。

どこまでも真《ま》っ直《す》ぐな心根で、懸命に今を生きている。己が成すべきことを受け止め、前向きに進む彼女は眩《まぶ》しかった。

「ダンスくらいなら、いつでも喜んで相手をする。だが俺は、上手《うま》くはないと思う。そもそもパーティで踊ったこと自体そう多くない」

「そうなのですか？」

「もともと、そういった集まりが好きではなかったからな。皇太子時代から、下手に誰かをパートナーにすると〝番〟にどうかと勧められていたんだ。いい加減面倒になって、ダンスは踊らないと公言して久しい」

「でしたら、なおさら注目されますね。ヴィルヘルム様の番として恥ずかしくないように努力いたします」

帝国へ来て初めて参加するパーティ、それも、自身のお披露目《ひろめ》とあり、アンリエットは緊張しているようだった。だが、それよりも、未知の体験を楽しんでいる。思わず、見ているこちらまで気分が弾むほどに。

「アンリエット、手を」

彼女に手を差し出すと、白く細い指先が手のひらに触れた。

だいぶ健康になり体力もついたようだが、それでもアンリエットは華奢《きゃしゃ》だった。少しでも力を入れれば折れてしまいそうだ。

ヴィルヘルムは注意深く彼女の手を取り、細腰を引き寄せた。ダンスのステップは、嗜《たしな》みとして身についている。ただ、経験が足りていない。彼女が楽しめるよう踊れる自信がまったくなかった。

「先ほど踊っていたのはなんだ？」

「円舞曲です。レーリウスで流行《はや》っているステップがあると聞いて、エルシャに習っていたところでした」

会話をしながら、アンリエットと踊り始める。

彼女の動きは優雅でなめらかだった。今までに相当な努力を重ねたのだろうことが容易にわかる。

「練習の必要がないくらいに上手いな」

「ありがとうございます。王国でも学んでいましたが、不安だったので……褒めていただけて

安心しました」

「むしろ、練習が必要なのは俺だな」

「そんなことはないです！　だって、ヴィルヘルム様のリードはとても踊りやすいですもの。わたくしが動きやすいように気を配ってくださっているのだとよくわかりますわ」

「踊りやすいと言われたのは初めてだ。以前、母とダンスを踊ったときは、散々な言われようだった」

それはまだ、父が存命で母が健勝だったころに開かれた、建国記念パーティでのこと。

皇太子だったヴィルヘルムは、絶え間なく訪れる貴族たちの挨拶に辟易《へきえき》していた。誰も彼もが、こぞって年頃ごろの娘を紹介してくるためである。

いずれ皇帝となる男の番は、すなわちこの国の国母となる。他国であれば、側妃として取り立てられることもあるだろうが、帝国ではその可能性はない。皇帝は、番以外の女性と子を成せないからだ。

ゆえに、帝国貴族は娘をヴィルヘルムに売り込もうと必死だった。皇族と縁続きになれれば構わないと考えた者もいて、弟のローランにも相当数の縁談が舞い込んでいる。

『難しく考えず今宵《こよい》一夜限りのダンスパートナーに』——幾度となく繰り返された言葉を厭《いと》い、ヴィルヘルムはとうとう宣言したのだ。

『勧められた娘を番に選ぶことはない。伴侶となる者は自分で選ぶ』と。

怒気をこめて告げると、パーティ会場は静まり返った。険悪な雰囲気で音楽だけが虚《むな》しく鳴り響く中、空気を一変させた者がいた。時の皇后で、ヴィルヘルムの母である。

『番を見つけるまでで、息子のダンスはわたくしが相手をしましょう』

皇后のひと声で、ヴィルヘルムのパートナーを巡る争いは休戦となった。そうして言葉通りにダンスを踊ったのだが、そのときに辛辣な指摘を受けている。

「『相手と息を合わせろ』、『剣術の訓練ではないのだから優雅に見える足運びをしろ』、『ダンスの才能は皆無だから、伴侶以外とは踊らないほうがいい』……そんな感じのことを、ずっと言われていたな」

「まあ……！　皇太后さまは、率直な方なのですね。今のお話からも、飾らないお人柄だと感じました。お加減がよろしくないとお伺いしましたが、落ち着いたらお会いしたいです」

「そうだな。父を亡くしてから、母の体調も悪くなった。〝番〟を失った片割れは、徐々に衰弱していく。まるで、後を追うように亡くなるんだ」

竜の加護を持つレーリウス帝国の皇帝は、その存在だけで他国への牽制《けんせい》となる。もちろん、それでも開戦が避けられない事態も起きたが、いずれも勝利を収めた。強力な加護に護られた大国は、今では何者に脅かされることなく繁栄の道を歩んでいる。

だが、誰しもが羨むこの加護は、けっして幸福の象徴ではなかった。

「皇帝にとっての番は、ほかの者が考えている以上の存在だ。失えば、心身の異常をきたす。過去にそういった例もあったようだ」

「ちょうど図書室で竜の出産について調べたのですが、そのときに番についての文献も読みました。これまで知らなかったことばかりで……正直、驚いています」

アンリエットの言うことはもっともだった。

帝国について、他国が情報を得るのは難しい。竜の加護があり、圧倒的な軍事力を有している、という印象だけを意図的に与えていた。

一定の年齢に達すると姿形に変化がないことから不死との噂《うわさ》も流れているが、それも帝国の神秘性の演出に一役買っている。

人は未知を恐れる。『帝国を敵に回せば命はない』と周知させるには、わかりやすい武力、それに、常識の範囲外にありながら事実として存在する者。すなわち、竜や不老の皇帝だ。

「……怒っているか？　何も知らせずにいたことを」

「まさか！　知らないことはこれから知ればいいのです。ただ、無知であるがゆえに、ヴィルヘルム様の苦しみや帝国の方々のお気持ちに寄り添えないのは悲しいことです。だから、努力しますわ。わたくしは、妻に選んでいただいたのですから」

足を止めたアンリエットが、ヴィルヘルムを見上げる。

覚悟を持った表情だった。おそらく図書室で、竜の番について理解したのだ。けれど、何も告げられなかったことを攻めるでもなく、ただ伴侶として在ろうとしてくれている。

（俺がアンリエットを番に選んだのは、間違いではなかった）

だが、ヴィルヘルムにとっては最上の婚姻だろうと、彼女にとってそうとは言い切れない。

なぜなら、その身に背負うにはあまりに過酷な未来が待っているからだ。

「文献を読んだのであれば、俺のこの目の意味も気づいたんだな」

「……はい。竜の加護をより強く受け継ぐ者ほど、瞳の色が黒に近づくと書かれていました」

「そうだ。帝国では、持って生まれた瞳の色で皇位の継承者が決定する。俺はたまたま長子だったが、過去には第二、第三皇子も皇位に就いた記録がある」

ヴィルヘルムは一度息を吐き、アンリエットを見つめた。

こうしてそばにいるだけで、どうしようもないほどの劣情に駆られる。身体を貪り、誰の目にも触れない場所へ閉じ込めてしまいたくなっていた。

「俺と同じ黒い瞳を持っていたかつての皇帝は、番への執着が異常なまでに強かった。部屋に監禁して誰とも接触させず、子どもが生まれてからは子どもすらも嫉妬の対象になったという記述もあった。――加護が強いほどに、番にのめり込み狂っていくんだ」

皇帝の座に就くにあたり学ばされたことだ。帝国の歴史を紐解《ひもと》けば、必ず出てくるのが狂うとされる皇帝の話だ。その特徴をそっくり受け継いだのがヴィルヘルムであり、だからなおさら〝番〟へ執着する皇族を嫌悪していた。

「それでも俺は、自分だけは大丈夫だと考えていた。他人に対しなんの情も持たない俺なら、番に狂うこともないだろうと……。だが、甘かった」

そう、ヴィルヘルムは竜の盟約を、その加護を、侮っていた。しかし、それでもアンリエットを番にしなければよかったとは思えない。

目の前にいるアンリエットをそっと抱きしめ、華奢な肩に顔を埋める。

壊れ物を扱う慎重さで自分の腕に閉じ込めると、ほんのわずかに安堵した。彼女はその身を震わせも嫌がりもせず、ただヴィルヘルムを受け入れている。その態度にどれほど救われるか、自覚はしていないのだろうが。

(俺も、狂うのかもしれない。だから……)

「すまない。おまえには、つらい想いをさせることになる」

ようやく自分の意思で動けるまでに回復したアンリエットの自由をいずれ奪う。そのとき、彼女は今と同じように笑いかけてくれるのか自信がない。

今となっては、いっそ父や弟と同じ茶褐色の瞳であったならと願ってしまう。

「ヴィルヘルム様」

アンリエットは穏やかに名を呼び、ヴィルヘルムの背を優しく撫《な》でた。

「大丈夫です。たとえヴィルヘルム様が過去の皇帝のようになったとしても、わたくしは不幸になりません。むしろ幸せに過ごすと断言できます」

「……なぜだ？」

「健康であるなら、どのような状況でも楽しむことができます。ですから、心配せずとも大丈夫です。ヴィルヘルム様のおそばを離れることも、厭うこともありませんわ」

力強い彼女の声に顔を上げ、抱きしめていた腕を解く。アンリエットは、美しい微笑みを浮かべてヴィルヘルムの手を両手で握る。

「もしも嫌だと感じたら、皇太后さまのようにはっきりとお伝えします。もちろん、ヴィルヘルム様もわたくしに思うところがあればおっしゃってくださいね」

目を伏せ、祈りをこめて語りかけてくる彼女は、いつか教会で見た聖母のようだった。

（きっと俺は、この先何度もアンリエットに恋をする）

ヴィルヘルムの身体から、ふと力が抜ける。すると彼女は、「あっ！」と、何かを思い出したように目を輝かせた。

「どうした？」

「晩餐《ばんさん》のときにお話ししようと思っていたのですが、聞いていただけますか？　シリルの番のカイエのことなのですが……」

アンリエットが口を開いたときである。

「皇帝陛下……！」

辺りの空気を引き裂く逼迫《ひっぱく》した声が響き渡る。離れた場所に控えていたエルシャが、ほかの騎士を伴って急ぎ駈《か》けてきた。

「お話し中に失礼いたします。急ぎご報告が」

「前置きはいい。話せ」

「ローラン皇弟殿下が石窟内で負傷し、城に運ばれたと……！」

予想外の一報に、ヴィルヘルムは目を見開いた。

＊

ローランが負傷したとの一報を受けると、アンリエットはヴィルヘルムとともに急ぎ城へと戻った。

使用人たちが慌ただしく行き来している廊下を進み、別棟へと向かう。初めて入る建物だったが、ローランや皇太后は、ヴィルヘルムやアンリエットとは違う棟に部屋があるという。

本棟とは長い廊下で繋がっているが、頻繁に行き来はしない。皇太后が長く患っており、人を寄せ付けないのが理由のひとつだと彼は語った。

「皇太后の体調がいい日に引き合わせるつもりだったが、こんな形で来ることになるとはな」

誰にともなく呟《つぶや》いたヴィルヘルムは、常になく表情が険しかった。

普段、あまり感情を露《あら》わにすることがない彼が珍しい。アンリエットは隣を歩く彼の腕に自分の手を添えた。少しでも心が落ち着くようにと願いをこめて。

「皇太后さまには、日を改めてご挨拶させていただきたいです。お身体が回復すればいいのですが……ローラン殿下も心配です」

「ローランは、あれでも軍部に所属している。竜の加護を持つ皇族でもあるから、めったなことでは致命傷にはならないはずだ」

病や外傷に対し、強い回復力と耐性を持つレーリウスの皇族。だが、その加護をもってしても、避けきれない何かが起きてしまったということだ。

とある部屋に近づくと、ヴィルヘルムが足を止めた。豪奢《ごうしゃ》な扉の前には、近衛騎士数名が落ち着かない様子で立っている。だが、皇帝の姿に気づくと、皆一様に頭を下げた。

「状況を報告しろ」

「はっ！　ローラン殿下が石窟に入ったところ、シリル様のお姿はなくカイエ様だけだったそうです。あまり機嫌がよくなかったようで、入ってしばらくすると尾で薙《な》ぎ払《はら》われたと」

「怪我《けが》の程度は」

「石壁に打ち付けられ、全身に打撲痕が見られます。医師の診断によれば、骨は折れていないものの、腕にヒビが入っているとのことです」

「では、しばらくは使い物にならないな。――開けろ」

状況を把握したヴィルヘルムは辛辣なひと言を告げ、騎士に扉を開けるよう命じた。地を這うような冷ややかな声は、見知らぬ者が聞けば震え上がるほどの圧を発している。さすがに騎士らは慣れているようだが、それでもひどく緊張した面持ちだった。

ふたりでいるときはつい忘れそうになるが、まぎれもなく彼は帝国の頂点に立つ皇帝なのだと何気ない場面で思い知る。

すぐさま騎士らは、「皇帝陛下がいらっしゃいました」と、部屋の中に声をかけ、仰々しいしぐさで扉を開いた。

（別棟も、本館に勝るとも劣らない上品で美しい造りだわ）

無言で足を踏み入れたヴィルヘルムの後を歩きつつ考えていたとき、「兄上……！」と、ひときわ大きな声が響いた。ローランだ。そちらへ顔を向ければ、寝台で治療を受けていた。声に張りはあるが、腕には包帯が巻かれ、顔には痛々しい擦り傷があった。

「……ご足労いただき申し訳ありません。竜の世話をできる人間は限られているのに、このような体たらく……情けない限りです」

ローランは、石窟の前で出会ったときの横柄さはなく、言葉通りに落ち込んでいた。しかしヴィルヘルムは特に慰めることも労《いたわ》ることもせず、「カイエの様子を話せ」と短く命じた。

「騎士たちから、カイエの機嫌が悪かったと聞いたが」

「はい。……皇后と石窟の前で会ったとき、妙な鳴き声がしたんです。そのときはまだ落ち着いていましたが、しばらくして急に暴れ始めて……」

ローランと遭遇したとき、カイエのいる石窟から地を這うようなうめきが聞こえてきた。彼は急ぎ石窟内へと駆けて行ったが、その後に今回の事故が起きた。

(不思議なのは、急にカイエが暴れたことだわ)

竜と接したのは、帝国に来たその日だけだが、シリルは首を差し出して親愛の情を表わしたため竜に対して恐怖はない。むしろ可愛《かわい》らしく、もっと近くで触れたいと思うほどだ。

「ですが、兄上に迷惑はかけません。カイエが出産し、卵が孵化するまでは責任持って俺が世話をします」

シリルやカイエに近づけるのは、ヴィルヘルムとローランのふたりだけ。つまり、皇族でなければ二頭の竜は寄せ付けない。だからこそ、彼らは石窟へ足繁《あししげ》く通って竜の様子を見ているのだ。

竜の出産という国の慶事だからこそ、皇族が動いているのだろう。

「……ヴィルヘルム様」

それまで黙って話を聞いていたアンリエットは、意を決して会話に入った。

「カイエのお世話を、わたくしにお任せいただけないでしょうか」

「なんだと⁉　貴様が出る幕ではない、身の程を弁えろ！」

案の定、即座に拒否反応を示したのはローランである。

「できるわけがないだろう！　竜の出産は帝国にとって一大事だ。それも、〝始まりの竜〟の末裔《まつえい》シリルの子が生まれるんだぞ⁉　ただでさえ出産を聞きつけた他国が『竜の子を寄越《よこ》せ』と言ってきているのに、信用できない貴様に任せられるはずが……っ」

「──黙れ、ローラン」

明らかにそれまでと違う声音で低く告げると、ヴィルヘルムはローランの胸ぐらを掴《つか》んだ。

「誰がなんと言おうと、アンリエットは俺の番だ。暴言は俺が許さない」

「うっ……あ、兄、う、え……っ」

喉を絞められたローランが苦しげに喘《あえ》ぐも、ヴィルヘルムは顔色ひとつ変えていない。それどころか、嫌悪感も露わにさらに首元を締め上げる。

「二度と言葉を発せないように、舌を抜いてやろうか。そうすれば、アンリエットを前にしても何も言えなくなる」

「ぐっ、う……」

この場にいる近衛騎士は、ヴィルヘルムの怒りに触れて身動きできずにいた。彼の発する圧は凄《すさ》まじく、誰も近づくことができない。怪我をしているローランも抗《あらが》う術はなく、ただ息を求めて首を左右に振るだけだった。

（まさか、本気で殿下のことを⁉）

「ヴィルヘルム様……！　おやめくださいませ……っ」

焦って声を張り上げたアンリエットは、ヴィルヘルムの背中に抱きついた。

「殿下は怪我をされています。それ以上はいけません……！」

「なぜだ？　こいつは、一度ならず二度までもアンリエットに暴言を吐いた。それを許すほど、俺は腑《ふ》抜《ぬ》けていない」

首だけを振り向かせて彼が言う。両手はまだローランの首元を締め上げており、ヴィルヘルムが本気で弟に制裁を加えるつもりなのだと窺える。

「わたくしのために、殿下を罰してほしくありません。わたくしが原因で、大切なご家族と仲《なか》違《たが》いするのは……悲しいです」

「いくらアンリエットの頼みでも駄目だ。ほかの者にも示しがつかない。何より、俺自身がローランを許せない」

アンリエットの望みならすべて叶えそうなヴィルヘルムだが、今回ばかりは聞き入れなかった。示しがつかない、という彼の言葉は確かにそうだ。皇帝が皇后を軽んじれば、ほかの高位貴族もアンリエットを皇后と認めることはないだろう。

けれど、ヴィルヘルムの行動は極端すぎる。弟の命すら奪いかねない彼の言動に焦り、思わず大きな声を上げた。

「それでもやりすぎはよくありません！　これ以上、殿下を罰するようなら……わたくしは、ヴィルヘルム様を嫌いになります……っ」

告げた瞬間、その場にいた全員から視線を注がれた。

アンリエットはすぐさま己の発言を後悔する。

（嫌いになるって……ほかにもっと言い方があったのに……！）

焦っていたとはいえ、子どものような言葉だった。そもそも、争いや駆け引きなどとは無縁の人生を送っている。こういった場面で気の利いた台詞《せりふ》が出ないのはある意味当然だった。

ヴィルヘルムは無言で弟から手を離すと、ゆるりと振り返った。その途端に激しく咳《せ》き込《こ》むローランを気にも留めず、アンリエットを見つめる。

「……アンリエットに嫌われるのは、困る」

「え……」

「俺は、おまえにだけは嫌われたくない」

真剣な彼の態度に、心臓がぎゅっと縮こまった。

表情からは感情が読み取れないが、すでに殺気は失《う》せていた。ひとまず弟への怒りは静まったようである。

（ヴィルヘルム様が落ち着いてくれてよかった）

制裁を回避できたことに安堵しつつ、アンリエットは彼の両手に自身の手を添えた。

「すみません、言いすぎました。でも、わたくしのせいで、おふたりの間が険悪になるのは嫌です。怪我人《けがにん》に対して、乱暴にしてもいけません」

「ああ」

「ほかの方に示しがつかないというのなら、別の方法でも構わないはずです。時に厳しい処罰が必要なこともあるでしょうが、今回は厳罰よりも対話が肝要ではないでしょうか」

「……おまえがそう言うのなら、そうしよう」

ヴィルヘルムは心なしか悄然《しょうぜん》としている。自分の言葉で彼がここまで落ち込むとは思わなかったアンリエットは、ハッとして歩み寄る。

「ありがとうございます。ヴィルヘルム様なら、話せばわかっていただけると信じていました。それなのに、嫌いになるなんて言って……申し訳ありません」

「いや、いい。今回は、俺が頭に血が上ったのが悪い。アンリエットはこれからも、遠慮なく意見してくれ」

言いながら、ヴィルヘルムの視線がローランへ向く。

「今回は不問にする。だが、二度はないと思え。アンリエットを貶めることは、何人であってもこの俺が許さない」

ローラン、そして、この場にいる全員に、ヴィルヘルムは宣言する。

「おまえは傷が癒えるまで部屋から出ることを禁じる。カイエの世話は、状況を見てアンリエットに頼む。シリルにも懐かれているのだから、ほかの者よりもカイエに受け入れられる可能性は高いだろう。もしカイエが嫌がった場合は、出産まで俺が石窟へ足を運ぶ。この件に関しては、誰の異論も認めない」

すでに決定しているとばかりに告げられ、ローランはまだ不服そうだ。その様子を見たアンリエットは、ローランに微笑んで見せた。

「殿下、わたくしとの約束はお忘れでありませんよね？」

「約束？」

「ヴィルヘルム様の肖像画のことです。怪我が完治したらお話を進めてくださいませ。肖像画と一緒に彫像も制作していただけると嬉しいですわ」

にこにこと語るアンリエットに、ローランが舌打ちをする。

「……この状況で、よくもまあ空気も読めずそのような要望を言えるものだ」

「まあ！　わたくしにとっては、とても大事なことですもの！　ですが、まずは怪我をしっかり治すことに専念してくださいませ。カイエの世話は、どこまでできるかわかりませんけれど、責任を持って務めますわ。それと……」

「……まだあるのか」

「一番大切なことです。――カイエについて、知っていることをすべて話してください。何が好きで何か嫌いか、これまでどうやって世話をしてきたのかを知らなければいけません」

アンリエットは笑みを引き、ローランを見据える。

図書室で文献を漁《あさ》ったが、極稀にしか訪れない竜の出産についての記述は残っていなかった。だからこそ手探りなのだが、今回のような事故が起きるには必ず理由があるはずだ。

「殿下が怪我をしたときの状況を、できるだけ詳細にお話しください。無事にカイエが出産するためにも、これ以上事故が起きないためにもご協力をお願いいたします」

アンリエットは最大限の礼をとり、ローランに頭を垂れる。

竜の加護を受け、彼らを神聖なものと尊ぶ帝国のことだ。国民も竜の子誕生を心待ちにしているだろう。まかり間違っても、慶事を凶事に変えてはならない。ひいては、皇帝ヴィルヘルムへの疑義が噴出しかねないからだ。

(この国にとって、竜は神聖な存在だから)

もし仮に、カイエの子が無事に誕生しなければ、民衆は責任の所在をどこかに求める。それは当然のように、竜と深い結びつきがある時の皇帝や皇族へ向かうのは想像に難くない。

「記録を残すためにも、カイエの状態を詳しく知りたいのです。出産について細かく記し後世へ伝えられれば、次に竜の子が生まれるときに必ず役に立つはずです」

人も動物も出産は一大事だからこそ、先人の知恵は必要だ。今回、竜の出産について文献がないことでなおさら痛感している。

今回の提案は、〝今〟のためではなく、〝未来〟のために必要なことだ。

アンリエットが力をこめて語ると、ローランをはじめ、その場にいた騎士たちも驚いた顔を見せていた。

「……記録か。そのような提案は初めてされたな」

唸《うな》るようにローランが言うと、ヴィルヘルムが頷《うなず》いた。

「帝国は竜に纏《まつ》わる事象は秘匿してきた。だが、竜の出産は稀だからこそ、知識は後世へ共有すべきという考えは正しい」

「では……」

「皇帝の権限で、此度《こたび》のカイエの出産の記録をアンリエットに任せる。世話については、明日俺とともに石窟を訪れてから決めればいいだろう。……カイエが暴れる可能性もないとは言い切れないからな」

つまり、カイエに認められれば公的に世話をすることが許されるということだ。排他的な帝国でアンリエットが受け入れられる第一歩となるし、何より竜の子が無事生まれるよう手助けしたい気持ちが強かった。

「必ず、カイエに認めてもらいます。できればその前に、シリルと会ってお話したいのですがよろしいでしょうか」

「話？　シリルと？」

意外そうなヴィルヘルムに、アンリエットは自身の考えを伝える。

「竜はとても知能が高いと思います。シリルがわたくしに懐いてくれたのも、ヴィルヘルム様の番だと認識し、大切に扱ってくださるからです。彼らは意思があり、仲間を大事にする種族だということは……話をする余地があると思うのです」

もちろん、言葉を交わせるわけではない。ただ、気持ちを伝えることはできる。少なくともシリルならば状況を理解してくれるはずだ。

「シリルには、わたくしがカイエの世話をすることをあらかじめ話しておきたいのです。それで納得してくれれば、番であるカイエも受け入れてくれるのではないでしょうか」

これは完全にアンリエットの想像で、何か確信があるわけではない。ただ、親愛の情を見せてくれたシリルに対する印象に過ぎない。

「わかった。ならば、晩餐後に石窟へ行くか。俺がシリルを呼ぶから、話をしてみればいい」

「ありがとうございます！」

ヴィルヘルムは、アンリエットを信用し、行動に移してくれている。その信頼に応えるためにも、カイエの世話を誠心誠意行なおうと心に誓った。

「ひとまず用件は済んだな。戻るぞ」

彼はローランを一瞥《いちべつ》し、踵《きびす》を返す。

（カイエのことを聞きたかったけれど、怪我人のお部屋に長居はできないものね）

「では、わたくしも失礼いたします。お大事になさってくださいませ。後日また伺いますので、カイエのことについてお話いただければ嬉しいです」

退出の挨拶をし、ヴィルヘルムの後に続く。しかし、部屋を出る前にローランの声が投げかけられた。

「カイエは……リンゴを持っていくと喜んでいた。子が宿る以前は、山の頂きにある滝壺《たきつぼ》で水浴びをしていたようだ」

「ありがとうございます、殿下！」

「勘違いするな。別に、貴様を認めたわけではない。ただ、兄上の命に従っただけだ。もしも、カイエに何かあれば許さないからな」

「ええ、承知いたしております」

不本意そうなローランだが、充分な歩み寄りである。

アンリエットはもう一度丁寧に礼を言い、扉前で待っていたヴィルヘルムとともに部屋を後にした。

（さっそく明日にでもリンゴを用意してもらわないと）

ようやく自分でも役立てるかもしれない。そう思うと気持ちが逸《はや》る。

「やはり殿下は、悪い方ではありませんね。カイエのために情報をくださいましたもの。おかげでカイエと仲良くなれるきっかけを作れますし、ようやくお役に立てそうで嬉しいです」

本館へ戻る道すがら感嘆していると、彼が眉間に皺を寄せる。

「あいつは、アンリエットに対する敬意がまだまだ足りていない。……とはいえ、あの頑固な男が素直に情報を開示したのは少し驚いたが」

言いながら、ヴィルヘルムは一度立ち止まると、アンリエットを抱き上げた。

「えっ……あ、あの……どうされたのですか？」

「今日はいろいろあって疲れただろう。このまま晩餐へ向かう」

「だ、大丈夫ですから、下ろしてください……」

「俺が触れていたいんだ」

ごく自然に告げられて、頬《ほお》が熱くなる。

（ずるいわ。これではお断りできなくなってしまう）

「おまえは『ようやく役に立てる』と言うが、充分尽くしてくれている。俺に愛されているだけで大仕事だろう？」

「それは……その……お仕事ではありませんもの……」

愛されるのは自分も望んでいることで、けっして義務や仕事などではない。

そう口にしかけたが、気恥ずかしい思いに駆られ、なんとも言えないまま彼の首に腕を回す。するとヴィルヘルムは満足そうに口元を和らげた。

「一緒に移動するときは、この方法でアンリエットを連れて行くか」

「もう……小さな子どもではありませんのに」

「子ども扱いしているわけじゃない。ただ、不安で堪《たま》らない。俺の知らないところで嫌な思いをしていないか、無理をして身体に負担をかけていないか……。アンリエットが常に俺の目の届く場所にいてくれればいいが、そんなことは現実的じゃない。だから、悩ましい」

誇張ではなく、ヴィルヘルムは本心からそう思っているのはすでに身に染みている。彼は、アンリエットの哀《かな》しみも喜びも我が事とし、心を寄せてくれる。

（番だから、というのは理由のひとつに過ぎないわ）

図書室で読んだ文献には、皇族と番の関係について記されていた。

一、竜との盟約により、レーリウス帝国の皇族は、竜の加護を受け継いでいる。生涯にただいちどきり、自らの番に誓約紋を刻むことができる。

一、竜と同様に、皇族が番に対して執心する。また、夫婦どちらかが先に亡くなった場合、遺《のこ》された一方は衰弱死する傾向にある。

一、誓約紋を刻まれた番は、その瞬間から姿形が変わらなくなる。長寿不老の加護は、人間の寿命を延ばす効力がある。また、紋には快楽を増幅させる効果があり、総じて皇族の夫婦は子を多く残している。

主だった記述はこんなところだが、竜と同様に皇族とその番についても詳細には記されていない。せいぜい、家系図と没年がある程度だ。

（……肖像画がないのも、それが理由なのかしら）

ヴィルヘルムだけではなく、歴代皇帝や皇后の肖像画も残っていないようだ。竜とその加護について秘匿するための措置なのだろう。

絶対に伝えなければならなかったものは、口伝で受け継がれているのかもしれない。たとえは、ヴィルヘルムが使用した誓約紋を刻むときの詠唱などだ。徹底的に隠すことでしか、竜や国を守ることができなかった。この国の民が他国の人間を排除しようとするのも、長い歴史が及ぼす弊害といえる。

つらつらと考えていると、ヴィルヘルムの足が止まった。

「ヴィルヘルム様？」

「……俺は狂うつもりはない。だが、先ほどローランを本気で縊《くび》り殺してもいいと思っていたのも事実だ。おまえに止められなければ、実行していただろう。まるで狂帝ヴィクターだ」

「ヴィクター……たしか、四代前の皇帝陛下でしたね。家系図でお名前を拝見しました」

ちょうど図書室で見たばかりの情報だ。ヴィルヘルムは頷き、重々しい口調で続ける。

「先ほども少し話したが、彼の皇帝は我らレーリウスの皇族の汚点だ。俺と同じ黒い瞳を持つ禁忌の存在で、名を口にすることすら憚《はばか》られる。――狂帝が、番を愛するゆえにその命を奪ってしまったからだ」

それは、公の文書には残されていない事実だとヴィルヘルムは語った。

レーリウスの皇族は、十三歳を迎えると番へ刻む〝誓約紋〟について皇帝より教示がある。それが皇太子として最初の教育だ。そこから徐々に帝国の歴史を学んでいき、皇帝に即位するときに狂帝の話を聞かされるという。

「俺はずっと、番への執着が理解できなかった。情が薄いのだと噂されたが、自分でもそう思っていたくらいだ。番に狂うなど考えられなかった。だが……先ほどの一件で、間違いなく狂帝の血を継いでいるのだと思い知らされた」

彼の声には、深い懊悩《おうのう》が滲《にじ》んでいる。胸が痛む本音の吐露に、アンリエットはぎゅっとヴィルヘルムに抱きついた。

「ヴィルヘルム様は、わたくしの話を聞いてくださったじゃありませんか。狂帝のようになるとは思いません。それに、カイエの出産という慶事も控えています。久しぶりの竜の子誕生に立ち会えるなんて、歴代皇帝の中でもまれに見る幸運の持ち主ではありませんか？」

めったにない機会に恵まれたヴィルヘルムは、竜に祝福された存在と言っていいだろう。彼は、番への想いに蝕まれたりはしない。加護を色濃く継いだ皇帝と、新たに生まれてくる竜の邂逅《かいこう》は、帝国にとって最高の知らせとなるはずだ。

「わたくしを信じてください。もしもヴィルヘルム様が先ほどみたいに暴走しそうになったら、責任をもってお止めします」

「恐ろしくないのか？　俺が。おまえに執着し、あまつさえ命を奪いかねないというのに」

（ヴィルヘルム様も、戸惑っていらっしゃるのだわ）

彼がアンリエットに加護を与えたときは、番に対してかくも激しい感情を抱くとは思わなかったのだろう。狂帝の件を聞いていれば、なおさら同じ道は歩まないと誓ったはずだ。にもかかわらず、先刻のヴィルヘルムは普段の彼ではなかった。己の意思を制御できない危険を孕んでいたのは事実だ。

それでも、彼を恐ろしいとは思わない。

「わたくしは、自分の目で見たヴィルヘルム様がすべてだと思っています。ですから、恐れはありません。わたくしにとっては、優しく美しく、完璧な皇帝ですもの」

かつての狂帝ヴィクターとヴィルヘルムは違う人間だ。狂帝のようになるとは思わない。

「大丈夫です。何があっても、わたくしはおそばにいます」

彼が胸のうちに抱えていたのは、皇族の歴史と加護の重み。番となってから初めて知ることばかりで戸惑いもあるが、少しずつ理解していけるのが幸せだと感じている。

二年前、ヴィルヘルムに救われたように、今度は自分が彼の救いとなれればいい。密《ひそ》かに願いながら、アンリエットはしばらく彼に抱きついていた。

晩餐後、ヴィルヘルムと連れだって石窟へと向かった。

夜の外出は祖国でもほぼ経験がない。健康になってからも、活動は昼間に限定されており、夜会などへの参加は禁じられていた。

だからこれが実質初めてと言っていい夜の散歩で、アンリエットは心を弾ませている。

石窟へと続く道は至る場所に照明が掲げられ、周囲を照らしていた。夜の闇の中でも足もとは明るいのだが、やはりヴィルヘルムはアンリエットを抱き上げての移動を選んだ。

（なんだか、すっかり慣れてしまった自分が怖いわ）

「ヴィルヘルム様、重くありませんか？」

「アンリエットは羽のように軽い。もう少し食事の量を増やすべきだ」

「これでも、だいぶ食べるようになったのですが……体力作りをするようになって、食欲もかなり出てきましたし」

他愛《たあい》のない話をしていると、つい笑みが浮かぶ。こういう時間は貴重だった。彼はその立場から、常に気の抜けない生活を送っている。だから、せめてふたりでいるときくらいは、心を休めてほしかった。

（そのためにも、まずはカイエのお世話をしっかりできるようにしないと）

心の中で決意していると、石窟の手前にある池でヴィルヘルムの足が止まった。

「ここで竜笛を吹く」

「竜笛……？」

アンリエットをその場で下ろした彼は、懐から小さな筒状の笛を取り出した。銀製なのか、周囲の明かりに照らされて透明な輝きを放っている。

「皇族にのみ製法が伝わる代物だ。これを吹けば、〝はじまりの竜〟がどこにいても飛んでくる。竜と意思疎通を図る品だ。人間の耳には聞こえない特殊な音が鳴る」

ヴィルヘルムはそう言うと、竜笛を口に咥《くわ》えた。ゆっくりと息を吐き出すように笛を吹いたが、やはり音はしなかった。

池の畔《ほとり》はしんと静まり返り、この世に自分たちだけしか存在しないような静寂に包まれる。

だが、それもほんのわずかの間のことだった。

突如、強風に身体が煽《あお》られたかと思うと、大きな羽音が耳に届く。思わず目を閉じて蹲《うずくま》りそうになったとき、ヴィルヘルムが抱き支えてくれた。

「シリルが来たぞ」

「あ……」

目を開けると、池の畔にシリルが降り立ったところだった。

アンリエットに目を留めたシリルは、当たり前のように目の前で頭を垂れる。

(これは、撫でろと言っているのかしら？)

ヴィルヘルムを見上げれば、「おまえに撫でられるのが好きなようだ」と肩を竦《すく》める。

「ふふっ、嬉しいわ。こんばんは、シリル。来てくれてありがとう」

首元を撫でながら声をかけると、どことなく嬉しそうな声で『クゥゥッ』と鳴いている。

賢いとは思っていたが、こちらの言葉を理解しているようだ。アンリエットが悪意なく接しているのがわかるから、親しみを持っているのだろう。

「今日はお願いがあるの。カイエのお世話をしていたローラン皇弟殿下が怪我をして、しばらく来られないから……その間は、わたくしにカイエを任せてくれないかしら？　無事に赤ちゃんが生まれてくるように、精いっぱい頑張るわ」

帝国の住人になったばかりの自分は、まだ周囲には認めてもらえない存在だ。他国から来た人間に竜の世話をさせるなど、信用ならないと言われることもあるはずだ。

(でも、構わない。わたくしはわたくしにできることをするだけよ)

「わたくしが石窟に入ることを、カイエは許してくれる？」

シリルの目を見つめたアンリエットは、祈るような気持ちでやわらかな竜の首を撫で続ける。

もしも許されるなら、カイエもこうして撫でてあげたいと思った。限られた人間しか寄せ付けず、今そばにいるのはシリルのみ。それは孤独だとアンリエットは感じている。

「石窟の中がどうなっているかわからないけれど……カイエが快適に過ごせるような環境を作るわ。だから、あなたの大切な〝番〟のお世話をさせてちょうだい」

丁寧に説明し、シリルへ向かって屈膝礼をする。

言葉のすべてが伝わらずとも、敬意と愛情を持っているのだとわかってもらえればいい。そう考えての行動だったのだが、次の瞬間、思いがけない事態に見舞われた。

「えっ……きゃあああっ⁉」

突然顔を近づけてきたシリルに、べろりと頬を舐《な》められたのである。竜の舌は、アンリエットの顔全体を覆うほど巨大で、不思議な感触をしていた。例えるならば、厚めの塊肉で肌を撫でられている感覚だ。

「シリル！　その辺にしろ」

ヴィルヘルムは強引に引き離してくれたが、シリルはまだ物足りなさそうだった。

解放されたアンリエットは、顔が唾液塗《まみ》れになっていた。いや、顔だけではなく、衣服にまで涎《よだれ》が垂れている。

（でも……）

「カイエのお世話をすることを許してくれるのね？」

アンリエットはなぜだかそう確信している。もちろん、会話を交わせるわけではない。ただ、シリルの気持ちはなんとなく伝わってくるのだ。それは説明できるような確固とした形あるものではなく、単なる感覚に過ぎないのだが。

「そうなのか？　シリル」

ヴィルヘルムに問われた竜は、『クゥッ』と元気な返事を聞かせた。巨体に鋭い鉤爪《かぎづめ》や牙を持ち、ともすれば人間の頭を丸呑《まるの》みできるほど大きな口だが、アンリエットには妙に可愛らしく目に映る。

「ありがとう。カイエによろしく伝えてね」

首を撫でようと手を伸ばしたが、空振りした。ヴィルヘルムに抱き上げられたからだ。

「この有様では、湯浴《ゆあ》みをしないと寝られないだろう」

「あっ……そ、そうですね」

「シリルとの話も終わったことだし戻るぞ」

ヴィルヘルムは言うが早いか、そのままシリルに背を向けて歩き始める。竜はといえば、どことなく不服そうに『グゥッ』と低く唸っていたが、翼を広げて飛び立った。おそらく石窟へと向かい、番と過ごすのだろう。

（よかった。これで明日から、カイエの世話ができるわ）

安堵したアンリエットは、無事に竜の子が生まれるように尽力しようと心に誓った。


池の畔から城に戻ると、すぐに侍女たちが湯浴みの準備を調えた。普段、入浴は人の手を借りて行なっており、それは祖国にいたときから変わらない。

シリルの唾液に塗れたため、就寝前にさっぱりできるのはありがたい。

だが――。

「……あの、ヴィルヘルム様」

「なんだ」

「もう、充分お世話していただきましたので……」

広々とした風呂の中で、ヴィルヘルムに背中から抱きしめられている。それも、侍女たちがするように、アンリエットの髪を綺麗《きれい》に洗ったあとに、である。

何度も遠慮したのだが、『おまえがカイエの世話をするなら、俺がアンリエットの世話をするのは当たり前だ』というよくわからない理屈で押し切られた。結局、恐縮しつつ洗髪してもらい、今に至っている。

「まだ不十分だ。アンリエットはもう少し、俺に甘やかされるべきだろう」

「そ、そうでしょうか……？」

「寝たきりだった時間を取り戻そうと、頑張っているのは知っている。だが、俺はアンリエットが倒れやしないかと気が気じゃない」

会話をしながらも、ヴィルヘルムの手はアンリエットの肌を撫《な》で回《まわ》していた。透明な湯の中で彼の指先が不埒《ふらち》な動きをし、乳房や足を撫でていく。

「っ……んっ……ヴィルヘルム様、は……洗髪が、手慣れていらっしゃいましたね……」

「群の野営では、着替えから食事まで人の手を借りることなく遂行する。俺が慣れているとするなら、軍の経験だ。さすがに他人の髪を洗ったことはなかったが、要領は心得ている」

話しながらも、彼の手は止まらない。胸のふくらみを意味ありげな手つきで揉《も》み込《こ》まれ身を捩《ねじ》れば、片腕を腰に巻き付けてきた。

より身体が密着し、心臓が高鳴る。彼がこういう触れ方をしてくるときは求められているのだと、すでにわかっていた。帝国に来て夜を過ごした日数で、覚え込まされたことだ。けれど、一緒に入浴したのは初めてだし、まして寝台以外の場所で抱かれてもいない。

「ヴィルヘルム様……あまり、触れると……その……身体が……」

性感を刺激するように胸の先端をいじくられ、肩が上下にぴくりと動く。指の腹で転がし、もう一方は二本の指に挟まれて、違った感覚の愛撫《あいぶ》を与えられた。

「んっ……」

「ここで抱きはしない。その代わりに、少しだけ触れたい。おまえに触れていないと落ち着かないんだ。……こんな状態は初めてだ」

自分よりも長く生きている彼が、今は見た目と同じようにただの青年に見えた。

ヴィルヘルムを見ているといつも胸が高鳴っていたが、今は彼を癒やし、守りたいと思う。腕力や武力といった身体の危険からではなく、心を救いたい。それはおこがましい願いかもしれないが、それこそが子を成す以外でアンリエットにしかできないことではないか。

健康になり、やってみたことがたくさんあった。自分の足で一歩踏み出して見た世界は輝いていて、これから何をしようかと希望に満《み》ち溢《あふ》れていた。

今まで自分を生かしてくれたすべての人々に感謝し、前向きになることができた。それらはすべて、ヴィルヘルムによって齎《もたら》された奇跡だ。

だから今度は、彼の役に立ちたかった。けれど、一緒にいる時間が長くなるにつれ、別の感情が大きくなっている。

「わたくしは、ヴィルヘルム様に愛をいただいてとても幸せです。あなたに触れられて嬉しく思っていることを、ちゃんとわかってくださいね」

「そうだな。アンリエットは、常に安心させようとしてくれている。それなのに、情けない。おまえに刻んだこの誓約紋は、命を救うと同時に、俺という脅威に晒す。皮肉なものだ」

ヴィルヘルムの手が、誓約紋に触れる。どくどくと脈を打ち、熱を持つ不思議な感覚にさせられるこの紋は、今のアンリエットにとっては誇りだ。彼と一生離れないという誓いを、この身に立てているのだから。

「――この感情だけは、呪いではないと思いたいのに、自分で自分が信じられない」

ヴィルヘルムの心に巣くっているのは、自身への不信感。吐き出すように告げられた言葉は、胸を引き裂かれそうな悲壮感がある。

（わたくしがいくら言葉を連ねても、この方が抱えてきた不安は拭えないのかもしれない）

番に狂ったとされる狂帝の話は、ヴィルヘルムの心を苛《さいな》んでいる。自分の意思なのか、竜の誓約によるものなのか判断のつかないままに、唯一の伴侶だけを希求する狂帝と自身を重ねているからだろう。

「気持ちを話してくださりありがとうございます。わたくしは無力ですが、ヴィルヘルム様を安心させて差し上げることはできますわ」

首だけを振り向かせたアンリエットは、ヴィルヘルムの唇に口づけを捧《ささ》げた。

触れ合わせるだけの軽いものだが、初めて自ら唇を重ねた。淑女としてははしたないかもしれないが、自分の想いを伝えるには一番いい方法だと思ったのだ。

「今後、生きていくうえで一番の目標ができました。ヴィルヘルム様を幸せにすることです。覚悟なさってくださいね」

アンリエットは人生経験が少なく、初めてのことばかり経験して戸惑いも多い。それでも、少しずつヴィルヘルムを理解できている。そう思えるのは、自惚《うぬぼ》れではないはずだ。

ヴィルヘルムは、臣下の前ではとうてい見せないような表情を浮かべた。端整な顔をくしゃりと歪《ゆが》め、アンリエットをただ見つめている。

皇帝としていつでも完璧であらねばならないと隙を見せず、己の心の内側を誰にも悟られぬよう振る舞ってきた。

だが、人知れず苦しんでいたのだ。神でもなければ、超人でもない。彼もまた、ひとりの人間なのだから。

ヴィルヘルムの黒瞳と視線が絡む。これ以上の言葉は不要だと、互いの目を見て理解する。

どちらからともなく顔を近づけ、唇を触れ合わせる。

最初は啄《ついば》むようだった口づけは、すぐに深く淫らなものに変わっていった。

「んん……っぅ」

彼の舌先が口腔《こうこう》に侵入し、口内を舐《ねぶ》っていく。誓約紋の刻まれた下腹部は熱を持ち、番の訪

れを待つべく胎内が開いていた。

ヴィルヘルムの熱を感じるこの行為に、アンリエットはすっかり耽溺《たんでき》していた。彼の愛情を感じられるからだ。愛する人が自分と同じ気持ちを抱いている。そう思うと心も身体も歓喜に沸き立った。

「ふ……ぁっ」

息継ぎで唇が離れると、不埒な指先に割れ目を暴かれた。花弁の奥に潜んでいた肉蕾を押しつぶされ、全身に甘い痺《しび》れが走る。

彼は、本人よりもアンリエットの身体を熟知していた。どこをどうすれば感じるのかを知っているのだ。執拗《しつよう》に肉芽をぐりぐり擦り立てられると、蜜孔が淫らにひくつく。まるで、ヴィルヘルム自身が欲しいと求めているかのようだ。

「そこ……だ、め……ぇっ」

自分自身の弱点は、ヴィルヘルムによって教えられた。そこをいじくられるのが、発情を促す合図だ。誓約紋の効果で快感が増幅し、思考もままならないほど感じてしまう。

「そんなに可愛く拒まれても、やめてやれないな。おまえが快楽に塗れている姿を、もっと堪能させてくれ」

ヴィルヘルムは空いている手を乳房に食い込ませ、荒々しく揉《も》み込んだ。大きな手のひらで胸のふくらみを卑猥《ひわい》な形に変えられ、アンリエットは思わず頤《おとがい》を反らせた。

「あ……ンッ」

少し視線を下げるだけで、透明な湯の中で何が行なわれているのかわかる。ヴィルヘルムの手は乳房や恥部を淫らに愛撫し、アンリエットを欲情の渦へと落としていく。

(誓約紋、が……焼けそうなほど熱い……)

腹部から全身に淫熱が広がっていく。だが、欲に浮かされているわけではない。彼への愛情が根底にあるからこその反応だと本能で感じている。

二本の指で乳首を摘まれ、きゅっと抓《つね》られた。絶妙な加減で扱《しご》かれた乳頭は物欲しげに勃起し、むず痒《がゆ》くなっている。この感覚こそが愉悦なのは、ヴィルヘルムとの行為で知った。恥じ入りたいくらいにはしたないが、それと同じくらいに彼がほしくなる。

「ヴィル……さ、ま……ぁっ……」

腹の内側から広がった熱がどんどん大きくなっていく。彼と繋がる悦《よろこ》びを覚えた胎内は、期待に打ち震えていた。

自分自身ですら知り得なかった欲望の扉は、ヴィルヘルムの手でたやすく開かれてしまった。もう彼と出会う前には戻れないし、戻りたいとも思わない。アンリエットにとって、ヴィルヘルムは世界の始まりとも呼べる存在だった。

（最初で最後の、わたくしだけの番……）

改めて認識すると、胸が高鳴った。比例して感度も高まり、呼気が荒くなってくる。

彼の指先は、アンリエットの肉悦を確実に刺激する。花芽は自覚できるほどぷっくりと膨れ上がり、じくじくと疼《うず》いている。緩慢に揺さぶりをかけていたかと思えば、突如強く扱かれる。すべての感覚がヴィルヘルムに支配され、ひたすらに感じてしまう。

「……アンリエット、そろそろだろう？」

「んんんっ……」

彼の艶やかな声が耳の奥へ浸透し、体温がぶわりと上昇した。

心臓の音が大きくなり、肉襞がびくびくと収縮する。帝国へ来て幾度もヴィルヘルムによって齎されているそれは、快楽の頂点への到達だ。

彼は肉蕾と乳首を同時に扱きつつ、アンリエットの耳朶《じだ》を軽く食《は》んだ。その瞬間、思わず彼の腕を掴み、絶頂感に身を委ねる。

「あっ、ん！　ぁああ……ッ」

強烈な下腹部のうねりを感じながら身体を痙攣《けいれん》させ、アンリエットが快楽を極める。ヴィルヘルムは愛《いつく》しむように首筋に口づけ、小さく囁いた。

「今夜はもう休め。明日から忙しくなる」

「は、い……ですが……ヴィルヘルム様、は……」

もうずいぶんと前から、腰に硬いものが当たっている。しかし彼は、「俺はいい」と、笑みを含んだ声で言う。

「おまえのことは毎晩でも抱きたいが、何もない夜があってもいい。俺は、アンリエットが目の前にいるだけで幸せなんだと……今さらだがそう感じている」

落ち着いた低い声を聞き、密かに安堵する。

（ヴィルヘルム様が安心できたのならよかった）

彼が狂帝の影を恐れずにいられるようにと、願わずにいられないアンリエットだった。

第三章　おまえしか見えない

ヴィルヘルムとシリルに許可を得て、カイエの世話をすることになったアンリエットは、翌日より行動を開始した。

ローランから聞いたカイエの好物を手配し、また、大量の水と布を用意してもらった。さすがに水浴びはさせてやれないが、身体を拭いてあげようと思ったのである。

「ありがとう。きっとカイエも喜んでくれると思うわ」

「殿下からのお達しですし、礼は不要に存じます」

水や布を運ぶため、使用人や騎士の手を借りたのだが、やはりどこか頑《かたく》なな態度だった。無礼な言動はないものの、こちらを信用するどころか警戒している雰囲気がある。

(表向きは手伝いということだけれど、監視も兼ねているのね)

今ここにいる使用人たちは、ローランの指示で動いているのだ。一応歩み寄りはしてくれているけれど、完全に信用されたわけではないのだ。道のりは険しいといえるが、アンリエットは悲観していなかった。

　まずは自ら行動してみせることで、徐々に理解を得られればいい。健康ならば、それが可能だと思っている。

「アンリエット様、荷物はわたしたちにお任せください。御自らお持ちになる必要はございませんわ」

　石窟へ行く途中。侍女のネリーが困ったように言うと、背後に続く専属護衛のエルシャも大きく頷き、「その通りです」と言葉を引き継ぐ。

「大変なお役目をになっていらっしゃるのです。どうか、御身大事になさってくださいませ」

「ふたりともありがとう。でも、大丈夫よ。カイエの説得はシリルにお願いしておいたし。荷物だって、重いものは持っていないから」

　実際、リンゴ入りの布袋を両手に抱えているだけで、たいした労働はしていない。むしろ、体力をつけるためにはもっと加重をかけてもいいくらいだ。

　そう伝えたものの、侍女と護衛騎士は納得していない。病に冒されている状態を知るネリーはともかく、エルシャまでも過保護になっているようだ。

「ふふっ、ヴィルヘルム様もだけれど、あなたたちも心配性ね」

　彼も一緒に来ようとしていたのだが、月に二度ほどある国境の定期視察に行かねばならず断念している。竜騎兵らとともに皇帝自ら上空を旋回することで、国境を守る軍の士気を上げると同時に、帝国の武を他国へ示しているのだという。

実際、竜の背に乗って大空を飛ぶ皇帝ヴィルヘルムの姿は圧巻だ。巨体の竜を自在に操る様は、まさしく空の覇者である。味方ならば鼓舞され、敵ならば震え上がることだろう。

（ヴィルヘルム様も、頑張っていらっしゃるのだもの。わたくしもしっかり務めを果たさなければいけないわ）

心の中で気合いを入れ直したアンリエットは、前方を見据えた。ちょうど石窟の入り口が見えたのである。

入り口の前には、軍人が二名立っていた。彼らは、ヴィルヘルムの命で来たのだろう。アンリエットの姿が見えたところで、すぐさま駆け寄ってきた。

「陛下より、皇后さまのお力になるよう命じられてまいりました。力仕事はもちろん、何か必要なものがあればご用意いたします」

礼をとるふたりの軍人に、アンリエットは微笑みかけた。

「ヴィルヘルム様のお心遣いとあなた方の献身に感謝いたしますわ。まずは、わたくしが石窟に入りますから、その後に呼んだら水を持ってきてもらえるかしら」

「アンリエット様、それは危険です……！」

否を唱えたのはエルシャだ。

「軍人として訓練されているローラン様でさえ、あのような怪我をされたのです。誰もいない状況でカイエ様が暴れれば、アンリエット様のお命が危険です！」

エルシャの発言に、先に待機していた軍人たちも同意している。それでもアンリエットは、彼らに「大丈夫よ」と力強く言い放つ。

「シリルには、わたくしが世話をすることをカイエに伝えてくれるようお願いしたわ。大勢で中に入ればカイエを刺激してしまうかもしれないでしょう？」

「ですが……」

「最初から信頼していない相手に、心を開いてはくれないわ。人も竜も、それは変わらないと思うの。表面上だけ取り繕っても、賢い竜には通用しないのではないかしら。帝国では神に等しい存在なのだから、敬意を持って接しなければならない」

アンリエットの言葉に、その場にいた皆がハッとする。

帝国民は、竜を畏れ敬っている。けれど、ローランの一件で〝恐怖〟を抱いてしまった。他国の人間が恐れるように、竜が自分たちに危害を加えるのではないかと疑念がある。

（それでは、信頼は得られないわ）

「殿下がなぜ怪我をされたのか理由はわからない。けれど、今までそんな事故は起きていなかったのでしょう? それなら、なるべくカイエを安心させるのがいいと思うの。妊娠で、普段とは様子も違うだろうし」

「たしかに……カイエ様だけでなく、今まで竜が人間に危害を加えた事例はありません。だからよけいに動揺していたのも事実です」

「あなたたちが、わたくしを心配してくれているのはわかっているわ。ヴィルヘルム様の命に従うのも当然よ。でも、今回だけはわたくしの言うことを聞いてちょうだい」

エルシャとネリー、そして、ふたりの軍人はそれぞれ葛藤していたが、アンリエットの気持ちを汲んでくれた。

「かしこまりました。ですが、何か異変を感じたらすぐに避難してください。わたしたちは、入り口で待機しています」

「ありがとう、皆」

「お待ちください、皇后」

四名はアンリエットの提案を受け入れてくれた。だが、ローランの寄越した騎士たちの考えは違った。

「我々は、殿下の命を受けています。カイエ様の様子を正確にお伝えする義務がありますので、石窟内に同行できないと困ります」

『皇后』と呼びながらも敬意は感じられず、ローランの命を優先している。主に忠実なところは評価できる一方で、状況を自ら判断できないのは致命的だ。

「あなた方は、皇后陛下のおっしゃる意味がわからないのか！」

エルシャと軍人ふたりは憤り、騎士たちとの間に緊張が走ったときである。

『グルゥゥウッ…………──』

地を這うような唸《うな》り声《ごえ》が石窟から聞こえてきた。

（これは、あのときも聞いたカイエの声だわ……！）

この声を聞いたローランは石窟へと駈けていき、その後、事故に遭った。つまり、今カイエの機嫌は悪く、踏み入ればこちらが怪我を負う可能性があるということだ。

「おそらく今、殿下が負傷したときと同じ状況です。わたくしは、カイエを落ち着かせに石窟内に入ります。あなたたちがついてきても、身の安全は保証されない。わたくしも無事では済まないかもしれない。それでもいいと言うのなら、ついて来なさい」

いつになく厳しい口調で騎士らに告げたアンリエットは、早足で石窟へ向かった。

この状況に危機を覚えているのは、ローランが事故に遭う前にこの場にいたアンリエットとエルシャだけだろう。その他の者は、カイエの唸り声を怪訝《けげん》に思ってはいるが、そこまで危機感を持っていないようだ。

（何もなければそれでいい。……ううん、何かあってはいけないのよ）

入り口の前までやってくると、カイエの声がびりびりと空気を震わせている。アンリエットはその声に負けないように、中へ向かって声を投げた。

「カイエ！　わたくしはアンリエットよ。ヴィルヘルム様の番で、シリルにあなたのお世話をさせてもらいたいとお願いしたの……！」

普段出さないような大声を上げ、自分の存在を伝える。すると、それまで聞こえていたカイエの声が途切れた。

「――入るわ」

アンリエットは一切の躊躇《ちゅうちょ》なく、石窟へ足を踏み入れた。

天然の石窟は無骨だったが、中はひやりとして清涼な空気が流れている。前方には明かりが灯《とも》されており、危ういところもなく歩くことができた。

距離にして数十歩進んだところで視界が開け、巨大な空洞が広がった。その中心に座している灰色の巨体を目にし、そっと声をかける。

「……カイエ？」

名を呼ぶと、丸い目がぎょろりと動きアンリエットに据えられた。金色の瞳と灰色の鱗《うろこ》を持つカイエは、シリルよりも一回り小さい。だが、人間などその気になれば軽く薙ぎ払うことができるだろう。

「わたくしは、アンリエット。昨夜シリルにお願いして、あなたのお世話をさせてもらうことになったの。よろしくね」

カイエはじいっとその場から動かないが、攻撃する意思はないようだ。とはいえ、相当気が立っているのが伝わってくる。何かの拍子に爆発しそうなほどだ。

(落ち着いて。大丈夫よ)

心の中で語りかけながら、一歩カイエに近づいた。

「ローラン殿下にお聞きして、あなたの好物だというリンゴを持ってきたの。水浴びも好きだというから、お水と布を持ってきたわ。許してくれるなら、鱗を吹いてあげたいの。少しは気分もよくなるかと思って。どうかしら?」

語りかけても竜は言葉を話さない。だが、アンリエットは自分の言っていることがカイエには伝わっている気がした。この場に立ち入っても、追い出されずにいるからだ。

「わたくしは、あなたに無事子を産んでほしい。そのためにここへ来たの。快適に過ごしてもらいたいし、そのためならなんでもするわ。——だから、カイエ。あなたも、わたくしを信用してくれると嬉しい」

人間を相手にするときと同じように真摯に語る。嘘も建前もなく、ただカイエの力になりたいのだと眼差《まなざ》しに想いをこめた。

持っていたリンゴの籠を置き、カイエを見上げる。まだ距離はあるが、その巨体が動けばアンリエットなどすぐに踏み潰されてしまうだろう。

(でも、やっぱり怖くはないわ)

単なる癇癪《かんしゃく》ではなく、腹の中の子を守るために警戒心が強くなっている印象だ。こちらから刺激しなければ、カイエが攻撃してくることはない。問題は、ローランがなぜ石壁にたたきつけられる羽目になったかだ。

(あの方も、カイエを大事に想っていることに変わりはないものね)

リンゴの籠を前に、どこか迷っているカイエを見てハッと気づく。

「そうだわ。毒味をしたほうがいいかしら？　もちろんここへ持ってくる前にもしているけれど、実際に食べてみせたほうが安心できるものね」

カイエに問いかけながら、籠の中にあるリンゴをひとつ手に取る。そして大きく口を開け、齧《かじ》り付いて見せた。

「うんっ、とても甘くて美味《おい》しいわ。安全は保証するから、気が向いたら食べてね」

アンリエットが笑顔で告げたときである。

「皇后陛下！　勝手な真似をしないでいただきたい！」

石窟内に入ってきたローランの騎士たちが大声でアンリエットを制止する。刹那、それまでおとなしかったカイエが唸り声を上げた。

『グルゥウウウウッ』

禁の瞳をぎょろりと動かして騎士に据えると、カイエは尻尾を左右に動かした。竜からすれば些細《ささい》な行動だが、ずん、と地響きがするほど石窟内が振動している。

ローランの寄越した騎士らが、カイエの動きに怯む。しかし、それでも主の命をまっとうしようとで駆けつけてくる。

カイエを背に守るような体勢でアンリエットの前に立ちはだかり、厳しい口調で言い放つ。

「皇后陛下、あまりカイエ様に近づかないでください！　竜は我らレーリウスの民にとって神に等しき存在です。あなたのような他国から嫁いで間もない方に、大事な子を宿している竜を任せるわけには……っ」

『グルゥウウウウウッ！』

騎士の声を遮るように、カイエの声に怒気が増した。前足を地面にたたきつけ、石窟がさらに振動しぐらりと揺れる。

先ほどまでおとなしかった竜は、明らかに苛立《いらだ》ちを露わに威嚇していた。危機感を募らせたとき、ぞくりと肌が粟立《あわだ》った。

（いけない……！）

それは、アンリエットが本能的に感じたことだった。

カイエはゆるりとその巨体を起き上がらせ、前足を持ち上げた。だが、騎士たちは気づいていないのか、いまだに背を振り返ろうとしていない。

「離れて……っ、危ない！」

アンリエットが叫ぶと、そこでようやく騎士が背を振り返る。しかし無情にもカイエの前足は騎士たちを踏みつけようと眼前に迫っていた。

「いけないわ、カイエ……！」

とっさに騎士たちを押しのけたアンリエットは、両手を広げてカイエの前に出た。

何か考えがあったわけではない。ただ、必死だっただけだ。

ぶわっと頭を押さえつけるような風を感じると同時、悲鳴のようなエルシャの声が耳に届く。中の異変を察知して踏み込んできたのだろうが、少しばかり遅かった。

（だけど……！）

「カイエ、やめなさい……っ！」

尻餅をつきそうな圧力を感じながらも、声を張り上げた。

竜の子が生まれる慶事を控えているのに、誰かの血を流したくない。その一心だ。そして、心を穏やかに出産してほしいという想いもある。何よりも、ヴィルヘルムやシリルの信頼を裏切ってはならないと思ったのである。

『クゥ……』

カイエが振り上げた前足を地面に下ろし、石窟内がずしんと揺れた。土埃《つちぼこり》が舞う中、荒ぶっていた竜は静かにその場で巨体を伏せる。

「いい子ね……カイエ。わたくしの言葉を聞いてくれてありがとう」

声をかけると、シリルと同じようにカイエが首を目前に差し出す。その姿から、すでに怒りは収まり、落ち着いて見えた。

「シリルもあなたも、撫でられるのが好きなのね。親愛の証を示してくれて嬉しいわ」

柔らかな首元を撫でてやり、アンリエットは笑みを零《こぼ》す。

「わたくしは、あなたたちの信頼に必ず応えると約束する。だから、カイエ。あなたは、元気な子を産んでちょうだいね」

カイエは返事をすることはないが、それでも気持ちは伝わっているようだ。しばらくおとなしく撫でられていたが、アンリエットの手からそっと離れた。先ほどの地面の揺れで籠の中から転がったリンゴに目を向けている。

「食べてくれるのね？」

土で汚れてしまったリンゴを手巾で拭い、カイエへと差し出す。すると、大きな口を開けたので、そのまま中へ放った。

「ふふっ、美味しい？　気に入ったなら、また持ってくるわね」

リンゴを咀嚼《そしゃく》しているカイエに安堵していると、エルシャが駆け寄ってきた。

「アンリエット様、申し訳ございません。護衛の任務を遂行できなかった罰はいかようにも受ける所存です。ですが、その前にあの者たちへの処罰を」

エルシャの視線が、ローランの騎士へ向く。彼女は怒りを通り越し、心底軽蔑したというように彼らを断じた。

「一介の騎士が皇后たるアンリエット様を侮るばかりか、御身を危険に晒すとは。城の守護者たる存在も地に落ちたものだ。この件は皇帝陛下に報告し、しかるべき処遇を求める。覚悟するがいい」

騎士たちは、いまだカイエへの恐怖があるのか、尻餅をついたまま動かない。顔面は蒼白《そうはく》で、いまにも気を失ってしまいそうなほどだ。

（カイエのお世話はできそうだけれど、解決しなければいけない問題ができてしまったわ）

小刻みに震えている騎士を前に、思案するアンリエットだった。

＊

定期視察で国境の砦《とりで》までやってきたヴィルヘルムは、竜騎兵らと上空をしばし旋回し、周囲の状況を確かめていた。

竜帝の名を冠するヴィルヘルムがその名の通り竜の背に乗って空を飛ぶ姿を目にし、砦を守る軍人たちは歓喜の声を上げている。空に意識が集中できるのは、この地が安全な証だ。上空から見た限りでも周辺に異変はなく、砦の軍が確実に機能していることが察せられた。

むろん、安寧は初めからそこに転がっていたわけではない。数百年をかけて築き上げている。先帝やヴィルヘルムの目が行き届いていたからこその成果だった。

「下りるぞ、シリル」

声をかけると、ゆっくりと降下が始まった。

ただ姿を見せるだけでも充分役目は果たしているが、今回はある目的のため砦の責任者と会おうと思ったのである。

竜騎兵とともに砦の前庭へ降り立つと、軍人らとその責任者が集っていた。

「皇帝陛下に拝謁する誉れに恵まれ感謝申し上げます」

ヴィルヘルムと同じ黒の軍服に身を包んだ男が、恭しく胸に手をあてて頭を垂れる。

軍功を示す徽章《きしょう》の数が、男の有能さを示していた。黒髪に黒橡《くろつるばみ》の瞳を持ち、皇帝ヴィルヘルムを前にしても怯むことなく笑みを湛《たた》えている。

「堅苦しい挨拶はいい。――お久しぶりです、バッヒンガー公爵」

「ああ、直接会ったのはずいぶんと前になるな。元気そうで何よりだ。だが、ここは公の場ではない。公爵ではなく叔父と呼んでくれ」

慇懃《いんぎん》な口調をガラリと変えているが、ヴィルヘルム自身が許しているため咎《とが》められることはない。なぜならば、前代皇帝の弟であり、元皇族だからだ。

クロイツベルク・バッヒンガーは、己の兄である前皇帝に跡継ぎが生まれてすぐに臣籍に下った。バッヒンガー公爵の名を賜り、自ら帝国の国境守護に志願し、長きに亘《わた》り帝国の防衛を担っている。

「皆、それぞれ持ち場へ戻れ！　竜騎兵二名と騎竜にも飲料を振る舞うように」

クロイツベルクのひと声で、軍人が一斉に動き出す。統率が取れた軍隊であると、彼らの動作ですぐにわかる。

「それで？　俺に何か話があったんだろう？」

周囲に部下がいなくなると、端的に尋ねられる。鷹揚《おうよう》で懐の深い叔父からは、ヴィルヘルムとはまた違う覇者の貫禄《かんろく》があった。間違いなく皇家の血を受け継ぎ、人民の上に立つ器を有した男である。

ヴィルヘルムは、父とよく似た端整な顔立ちの叔父を見据えて頷いた。

「叔父上と話がしたいと思ったが、特別な何かを語りたかったわけではない。互いの近況を話せればそれでいい」

「おまえにしては珍しい判断だ。やはり番を迎え入れて心境に変化があったのか」

叔父の言葉に、つい眉根を寄せる。

皇帝ヴィルヘルムに、ここまで遠慮のない物言いをする人間はほかにいない。それだけに貴重な存在だった。

「……番を迎えても、俺は何も変わらないと思っていた。誓約紋を刻んだ相手が、自分にとって命に等しい者になるとは思っていなかった。父と母を見ていても、皇帝の番など普通の夫婦と大して変わらないと侮ってすらいた」

それが今では、少し離れていただけでも不安になる。彼女に危険が迫っていないか、人知れず涙を流していないかと気が気ではない。

アンリエットを目の届く場所へ置き、ずっと彼女を眺めていたい。誰にも邪魔をされないところでふたりだけの世界に籠もることができれば、どれだけ幸せだろう。

すべては夢想にしか過ぎず、現実にしてはいけない。そう思う一方で、己の中に色濃く継がれた〝狂帝〟の血が抑えられないかもしれないとも感じてしまう。

「番を持った皇族の在り方としては、それが普通だ。おまえたちの父親や祖父もそうだった。子が生まれると少し落ち着くようだが、番になったばかりの時期は皆苦労していたと聞く。今は戸惑っているかもしれないが、おまえもいずれ番のいる生活に慣れるだろう」

「……わからない。こんなに誰かに焦がれているのは初めてだ」

ヴィルヘルムの感情の動きは少ない。皇帝とは些末な出来事で心を揺らしてはならぬと教育されてきた。幼いころから徹底的にたたき込まれ実戦していくうちに、いつしか呼吸をするのと同じくらい自然に表情を殺せるようになった。

にもかかわらず、最近はアンリエットへの想いに振り回されている。理性など最初から失せているかのごとき激しい愛は、自分のみならず相手や周囲を不幸にしかねない。

「叔父上に頼みがある。もしも俺が狂ったときは、どうかあなたの手で止めていただきたい。俺と同等かそれ以上の武を誇るのはこの世で叔父上しかいないからな」

黒瞳を持つヴィルヘルムは竜の加護が一番強く継いでいるが、黒橡色の瞳のクロイツベルクも皇族内の序列では上位に位置する。

皇帝の座に就いていてもおかしくない能力があり、現状ではヴィルヘルムに対抗できる唯一の人間といっていい。

武勇のみならず、人柄も悪くない。皇弟のローラン以上に信頼が置けるからこそ、このような話もできるのだ。

だが、切実なヴィルヘルムの依頼に対し、クロイツベルクの答えはにべもなかった。

「悪いが断る。それがたとえ命令だろうと従うつもりはない」

「……叔父上」

「それに、理性を失ったおまえを止めるということは、命のやり取りをするのと同じだ。せっかく見つけた番をひとり残してこの世を去るつもりか？」

クロイツベルクの言葉に喉が詰まった。紛《まぎ》れもない事実であり、ヴィルヘルム自身も考えていたからだ。

もしも自分が死したあと、アンリエットはどうするのか。彼女のことだから、周囲にいる皆がいれば笑顔で過ごせるに違いない。前向きで明るく、生きることに喜びを感じている。か弱い存在ながら、誰よりもしなやかで強い。だから惹かれた。

彼女のそばにいられないことを想像するだけで臓腑《ぞうふ》が抉《えぐ》られるような痛みを発した。じわじわと心臓を握りつぶされていき、息をすることさえできなくなりそうな心地になる。

（それでも……）

「アンリエットを傷つけるよりはずっといい。俺ひとりが苦しめば済む話だ。帝国にとっても、狂った皇帝など無用だろう」

「馬鹿か、おまえは」

呆《あき》れたように吐き出したクロイツベルクは苦笑すると、子どもを諭す親の声音で続ける。

「どうせ苦しむなら生きて苦しめ。帝国民にとっての善き皇帝となり、妻にとって善き夫となるよう務めろ。狂帝という悪《あ》しき前例を乗り越えるのは容易ではないが、おまえならできるはずだ。――番を、愛しているのだろう?」

「ああ」

即答したヴィルヘルムは、「だが」と、叔父を見据える。

「番だから愛したんじゃない。アンリエットだから、こんなに焦がれている」

誓約紋を刻まずとも、きっと惹かれていた。ただ、番にしたことで想いが強くなって増幅している。それだけのことだ。

「だったらもう答えは見えているじゃないか。妻とともに生きるため、己の中の狂帝の血を抑え込め。どれだけつらかろうと、それが愛を貫くためならば耐えられるだろう。俺は番がいないから、おまえの苦痛はわからんがな」

鷹揚な笑みを浮かべるクロイツベルクには、ヴィルヘルムにはない年長者の余裕があった。これまでは特に思うところはなく、むしろ好ましくあった。だが、今は少しばかり叔父の泰然とした姿が羨ましい。

自分も、彼のような心持ちで在りたかった。そうすれば、アンリエットをもっと上手に愛することができる。己を狂わすほどの愛など、誰しも重荷にしかならないだろう。

「……叔父上は、なぜ番を選ばない？　貴族どもが五月蠅《うるさ》かったはずだ」

「俺は、単純にまだ番と出会っていないだけだ。それに長子ではなかった。兄が番を見つけ子を成せば、そう五月蠅いことは言われない。兄が身罷《みまか》ってからは、おまえやローランの成長を見守る立場になった。それが兄から託された俺の使命だ」

臣籍に下り、なお己の身を皇族のために尽くすクロイツベルク。皇家に目を配るのみならず、帝国の国境を守る守護者の在りようは、尊敬に値するものだった。

「ならば俺は、あなたが安心して番を迎えられる状況にしなければならないということか。なかなか骨が折れそうだ」

「番と出会うことに比べればたいした話じゃない。前皇帝やおまえのように、政略的ではない相手と番《つが》うほうが大変なんだ」

誓約紋を刻み、相手を唯一の存在とできるのは、レーリウス皇族のみが行える。古《いにしえ》の竜との盟約が、帝国をドニ大陸随一の大国へと繁栄させた。

しかし、国が大きくなるほどに、皇帝の重荷は増していた。竜の加護を絶やさぬようにとの考えから、男子が生まれるまでの間は番の重圧もかなり大きかったという。

皇帝の子が誕生するのは国を挙げての慶事だ。しかし、その一方で女子が生まれると貴族や民は落胆した。帝国の安定のため、加護をその身に継いだ男子を望まれていたからだ。

アンリエットを番にし、唯一の存在としたときから、ヴィルヘルムの世界は開けた。視覚、聴覚、味覚、嗅覚、触覚と、それまで意識していなかった感覚が研ぎ澄まされていき、彼女へと向いている。

己のすべてはアンリエットのために存在し、彼女なくしては息をすることも難しい。

「……こんなはずじゃなかった。ただ、命を助けようと考えただけだった。それなのに、執着心が日を追うごとに酷《ひど》くなる」

「いいじゃないか。おまえに手を差し伸べようという気を起こさせたのが奇跡だろう。奥方には、せいぜいその愛を受け入れてもらえるよう尽くせ」

「他人事だと思って軽く言ってくれる」

「番がいる幸福も、苦しみも、今の俺には他人事だ。だが、おまえや奥方に無関心というわけではない。……本当は、パーティにも参加しようと思っていた」

クロイツベルクはそれまでよりも低い声で告げ、砦を振り仰ぐ。

強固な石を用いて築かれた無敗の砦は、地理的条件も相まっていまだ破られたことはない。

むろん、軍を率いる有能な指揮官は欠かせないが、それでも有事でもない限り彼が不在だったとしても問題はないはずだ。

「パーティに出席できない理由はなんだ？」

叔父との間に駆け引きは無用だ。端的に疑問を投げかけると、クロイツベルクは悩ましげに眉間に皺を寄せた。

「まだ何か起きているわけではない。竜の子が誕生するこの時期だから、いつも以上に気を張る必要がある。……妙な噂が耳に入ってきたんでな」

「噂？」

「近隣国で暴れているという、ならず者たちの話だ」

クロイツベルクの任務は、国境を守護するほかに帝国内に入国する人間の選定がある。日々、様々な国から入国依頼の要請があり、それらをふるいに掛ける役目を担っていた。

彼の認可がなければ、たとえ王族であろうと一歩も帝国に足を踏み入れられない。ちなみに、アンリエットの祖国からの使者に門を開いたのは叔父の判断によるものである。

立場上、クロイツベルクのもとには大小に関わらず、いろいろな国の情報が耳に届く。中でも、各国を行き来する商人の情報網は優秀なようで、帝国に関わる重要な話題については金子を与えているという。

「盗賊団のひとつやふたつなら、そこまで警戒しなくてもすぐに対処できる。ただし、今回は少し規模が大きな組織で……妙に、統率されているのが気になる」

「叔父上が警戒するということは、何か引っかかる部分があるんですね?」

「今の時点ではただの勘だ。しかし、俺の勘は当たるんだ」

通常よりも統率の取れた犯罪組織の存在。いつもと違うのはその規模、そして、各国間で行き来していることだとクロイツベルクは言う。

「その国々で、有名な犯罪組織はある。奴《やつ》らには縄張りがあって、他国まで出張ることはめったにない。国境を越えるのは危険だからな。もちろん密入国でもすれば可能だが、ほかの犯罪集団の縄張りに侵入した時点で命はない」

「危険を冒して密入国する必然はない。にもかかわらず、国を跨《また》いだ犯罪組織がいるのか」

「不思議だろう? しかもその組織……国を移動するたびに人数が増えているらしい。それだけならともかく、奴らは徐々に帝国に近づいている」

クロイツベルクの話を聞いたヴィルヘルムは、一気に表情が変化する。

「なるほど。俺の番が披露され、竜の子が生まれるこの時期に、犯罪組織が帝国へ向かってきているのか。……それは、命知らずだな」

件《くだん》の犯罪組織が竜の誕生を知っているか否かは定かでない。しかし、商人の情報網と同様になんらかの手段で話を仕入れている可能性はある。

「叔父上がパーティに参加できない理由は理解した。犯罪組織について、詳しいことがわかりしだい連絡をくれ」

「了解だ。ほかの地域の国境軍とも連携し、警戒態勢を敷いておく。この件が片付いたら、おまえの番に改めて挨拶に行こう。楽しみにしておく」

「俺たちがここへ来てもいい。アンリエットなら、喜んで砦まで来る」

「わかった。まずは、無事にパーティが終わることを祈っておく」

クロイツベルクは拳を握り、ヴィルヘルムの胸を軽くたたく。

皇帝という立場は孤独だ。常に正しく臣民を導くべき存在でなければならず、己の感情を制御できないなどもっての外だ。

しかし、こうして励まし、諫《いさ》めてくれる叔父がいる。そういう意味では幸運といえる。

(城に戻ったら、さっそく叔父上のことを話そう)

好奇心旺盛な彼女のことだ。砦に来たいと言うに違いない。そのときは、空から帝国の観光をしてもいいだろう。

アンリエットの笑顔を思い浮かべ、心安らかになるヴィルヘルムだったのだが――帰城してから受けた報告に、腸《はらわた》が煮え返る思いを味わうことになる。

クロイツベルクの砦から帰り執務室に入ると、すぐにエルシャから謁見の希望が届いた。アンリエットの専属護衛騎士が、正式な手順を経て皇帝に会いにくる理由。それはつまり、なんらかの問題が起きたということだ。

彼女の身に何かあったわけではないようだが、彼女に関してはどんな些細な出来事も知っておきたい。

不在中に積まれた書類に目を通しながら考えていると、複数の足音が扉の外から聞こえてきた。文字を目で追いつつ気配を探れば、足音が執務室の前で止まる。

「エルシャ・ブロスト、皇帝陛下にご報告があり参上いたしました！」

「入れ」

短く告げて入室を許可すると、まず入ってきたのがエルシャ。そして、ヴィルヘルムの直属である二名の軍人が、複数名の騎士を捕縛、連行していた。

「いったい何があった」

端的に問うが、自覚できるほど声に険がこもる。軍人も騎士も、エルシャまでもが肩を振わせ身を正した。

「本日、皇后陛下と石窟へ向かったのですが、同行した皇弟殿下の騎士たちが暴言を吐きました。皇后陛下はその件に関して許されています。ですがその後、カイエ様の唸り声が聞こえてきました」

カイエの声は、ローランが事故に遭った際に聞いたものと同じだったとエルシャは語った。

「皇后陛下は我々にその場で待機するよう命じられました。ですが、この騎士たちはご命令に背いて石窟内に突入。カイエ様が暴れかけたところ、皇后陛下に救われております」

「……なんだと？」

騎士たちを一睨《にら》みすると、ガタガタと身を震わせている。その様子は、エルシャの発言を裏付けるには充分だった。

「我が妻の命を無視したというのか。一介の騎士が？」

「おっ、おそれながら申し上げます！　我々は、ローラン殿下のご命令で……」

「黙れ！　誰が発言を許した」

ヴィルヘルムの一喝が執務室に轟く。空気はびりびりと振動し、普段皇帝に謁見の機会がないローランの騎士らは蒼白になった。

「ブロスト、続けろ」

「はっ！　……皇后陛下がカイエ様を宥《なだ》めてくださったおかげで、怪我人は出ておりません。

そうでなければ、皇弟殿下のように大怪我を負ったか……もしくは、命を落としていたでしょう。カイエ様は、この者たちを踏み潰そうとしておりましたゆえ」

カイエが前足を持ち上げたところに、騎士たちを庇《かば》ったのがアンリエットだった。彼女の声で怒りを収め、その後は落ち着いて過ごしているとエルシャは語り、ヴィルヘルムの部下たちも首肯している。

「アンリエットは今どうしている」

「カイエ様のお世話のため、石窟内に留まっておられます。皇帝陛下直属の軍人を数名入り口で待機させておりますのでご安心ください」

よどみなく報告を終えたエルシャが、連行された騎士らを見据える。任務に私情を挟む性格ではなかったが、珍しく憤りを露わにしていた。

(それだけ、目に余る言動だったというわけか)

じりじりと臓腑が焼け焦げそうな怒りを覚えながら、ヴィルヘルムは立ち上がった。腰に下げた剣を鞘《さや》から抜くと、騎士のひとりの首筋に突きつける。

「貴様、名は」

「っ、お……オットマー・ファルテと申します……」

「そうか。俺がその名を聞くことは、今日を境に永久になくなる」

冷ややかに告げると、オットマーが逃げだそうとする。だが、軍人ふたりもエルシャもそれを許さなかった。

左右から腕を掴まれて平伏させられたオットマーは、すでに騎士としての矜持も何もなく、ただ無様に命乞いをするしかできずにいる。

「お、お、お許し下さい皇帝陛下……！　わ、私たちはカイエ様をお守りしたい一心で、けっして皇后陛下を危険な目に遭わせようなどと……！」

「黙れ」

耳障りな声を一蹴し、淡々と続ける。

「安心しろ。騎士を派遣したローランも、ただでは済まさない。我が妻を危険に晒したおまえたちは、命をもって罪を償え」

ヴィルヘルムが剣を振り上げた、そのときである。

「お待ちください……！」

開いていた扉から、緊迫した場に不似合いな可憐《かれん》な声が響き渡る。すぐにそちらへ視線を投げれば、アンリエットが焦った様子で息を切らせていた。

「そんなに急いでどうした？　今、少し立て込んでいる。すぐに済ませるから、外で待っていてくれ。おまえに血を見せたくはない」

アンリエットを執務室の外へ連れ出すように、エルシャに目で合図する。だが、専属護衛の腕を振り切り、彼女はヴィルヘルムの前に立った。

「この者たちの処分はお待ちいただけませんか？」

「なぜだ？　騎士たちは、おまえの命を聞かなかった。つまりは、侮っていたことになる。皇后を見下すのは、この俺を見下すのと同義だ」

ここで処分しておかなければ、この先もアンリエットは見くびられてしまうだろう。どのような理由があろうとも、皇帝と皇后に楯突《たてつ》く真似は許されるべきではない。

そのような道理がわからぬはずはないが、彼女は毅然とした態度を崩さなかった。

「ヴィルヘルム様に不敬を働く者など、帝国民の中にはいないでしょう。わたくしが受け入れてもらえないのは、まだ相互理解が足りていないからです」

「おまえは歩み寄ろうとしている。その心根もわからず、拒否しているのはこの者たちだ」

この場から連れ出したい衝動に駆られながらも、彼女に伝えるべき事実を冷静に話す。

「アンリエット、優しさは美点だが今回の件では必要ない。命を失ってからでは遅いんだ。俺の番は生涯でおまえただひとり、誰も代わりにはなれない。俺にとっては何をおいても優先すべき存在で、それは帝国にとっても同じだ」

にもかかわらず、アンリエットを軽んじたのだ。許せるはずがなかった。

己の足で歩けるようになって間もない彼女には、血腥《ちなまぐさ》い場面など見せたくない。美しく綺麗なものだけを見て、善良な人々のみがいる世界で笑っていればいい。そのためならば、どれだけ犠牲を払おうとどうでもいい。

（こんなにも傲慢で見苦しい感情を、飼い慣らせねばならないのか）

それも己の選んだ道だ。内心の激情を抑え込み、アンリエットから顔を背ける。

「ここから出ていかないなら目を瞑《つぶ》れ。ほんの一瞬で終わる」

「ヴィルヘルム様のおっしゃることは、充分に理解しております。ですが、今日この日を血で穢《けが》したくはありません」

アンリエットは一歩踏み出すと、剣を持つヴィルヘルムの腕に触れた。

「――先ほどカイエが、卵を産んだのです」

「なに？」

「ご報告しようとこちらに伺ったのですが、それよりもまずヴィルヘルム様に剣を収めていただかねばと思いました」

卵を産んだということは、竜の子誕生までもうあとわずかの間だ。彼女はおそらく、慶事を血で穢すなと暗に言っている。そして、自分がきっかけで他者が罰せられるのを見過ごせないのだろう。

本当は、アンリエットに不敬を働いた騎士をすぐさま斬り捨ててしまいたい。だが今は、彼女の言うように騎士の処分は後回しにすべきだ。

ヴィルヘルムは剣を鞘に収めると、大きく息を吐き出した。

「今から石窟へ向かう。ローランの騎士たちは、地下牢へ入れておけ」

「御意」

扉の外に控えていたヴィルヘルムの部下も合流し、騎士たちを連れ去った。残っていたエルシャに、「先に石窟へ向かっていて」と命じたアンリエットは、誰もいなくなったところでホッとしたようにその場にしゃがみ込んだ。

「アンリエット？　どこか具合が……」

「いえ……。さすがに少々疲れが出たのかもしれません。卵が生まれるまでの間、ずっとカイエにつきっきりだったので」

ローランの騎士たちが騒動を起こし、軍人によって連行された。そののち、アンリエットはカイエとふたりきりになれるようにエルシャに頼んだという。

カイエは落ち着いたらしく、世話を受け入れていたようだ。アンリエットは、水に濡《ぬ》らした布で鱗を拭いてやりながら、他愛のないことを話していたと語った。返事はなくとも竜は言葉を理解しており、彼女もまた竜の意思が感覚的にわかるらしく、穏やかな時間が流れていたのがその口調からも察せられた。

それからしばらくし、カイエの様子に変化があった。前足の爪を地面に食い込ませ、『ウゥウゥッ』と、威嚇するときとは別の鳴き声を上げたとアンリエットは語った。

「初めてのことでしたし、わたくしはただカイエを励ますことしかできませんでしたが……そのとき、シリルが石窟へ来てくれたのです。安心したのか、カイエはそこから苦しむことなく卵を産んでくれました」

アンリエットは、新たな命が産まれることに感激していた。紫紺の瞳をきらきらと輝かせ、自分ごとのように喜んでいる。

「それと……これはわたくしの予想なのですが、今のカイエは、男性の大きな声が苦手みたいです。今日暴れかける前に、騎士が大声を出しておりましたので。ローラン殿下にも、怪我をされたときの様子を伺ったほうがいいと思います」

「わかった。ありがとう、アンリエット。おまえのおかげで、カイエがただ不機嫌だったわけじゃないと証明できそうだ」

「理由がわかれば対応もできますし、カイエも安心するはずです。今日の様子は書き留めておりましたので、のちほど清書したものをお見せしますね」

エルシャの報告によれば、アンリエット自身も嫌な思いをしたはずだ。にもかかわらず、人を思いやり、カイエの出産を第一に考えている。

眩しい、というのが、ヴィルヘルムの素直な感想だ。彼女が〝生〟を楽しみ、謳歌《おうか》していることを感じさせる。

アンリエットが太陽なら、自分は闇夜に潜む獣だろう。己の中に息づく狂帝の血を押し隠し、光の中にいる彼女を自分の腕に閉じ込めようとしている。

「おまえと出会う前の俺は、どうやって生きていたんだろうな」

愚にもつかない問いを発すると、アンリエットは大きな瞳を瞬かせた。

「わたくしは、ずうっと長い間、寝台の上で過ごしました。ヴィルヘルム様がどのような幼少期をお過ごしになったのか、今度教えてくださいませ」

まっすぐな眼差しに射貫かれたヴィルヘルムは、こみ上げてくる感情のままアンリエットを抱き上げた。

「かなり疲労しているようだから、石窟までこのまま移動する」

「……よろしいのですか？　ヴィルヘルム様も視察でお疲れなのに。あまり甘やかされては、わたくしは何もできない妻になってしまいますよ？」

「その心配はまったくないな。いくら俺が甘やかそうと、アンリエットは自分の足で歩いて好きな場所へ向かうだろう」

それはヴィルヘルムの本心だ。まだ見ぬ世界をその瞳に映すために、自らの足で突き進む。アンリエットの生き様が愛《いと》しくもあり、かすかに不安になる所以《ゆえん》でもある。

「わたくしがどこかへ行くときは、ヴィルヘルム様と一緒がいいです」

「……ああ、そうだな。では、落ち着いたころに叔父上に会いに行くか。砦を守る軍人だが、彼もアンリエットに会いたがっていた」

「ぜひご一緒させてください。楽しみですわ」

弾けるような笑みを見せたアンリエットに、強い執着心を覚えずにはいられなかった。

＊

カイエが卵を産んだことで、レーリウス城はにわかに色めき立っていた。

とはいえ孵化するまでは、万全を期するため、竜の子の誕生が周知されることはない。現状で知っているのは、城内でもごく限られた者のみである。

卵が産まれてからというもの、足繁く石窟へと通っていたアンリエットだが、パーティの準備が始まるとなかなか時間も取れなくなった。それでも、暇を見つけてはカイエのもとへと赴き、あれこれと話しかけている。

今日もパーティ当日だというのに、ドレスに着替えてからもつい石窟に来てしまっていた。

「カイエ、シリルも。何か変わったことはない?」

声をかけると、二匹の竜はそれぞれアンリエットの前に首を差し出す。

最近は石窟へ来ると、首を撫でてやるのが日課になっていた。カイエは懐《ふところ》で卵を温めており、あまり動けない。そのため首だけではなく、鱗や爪も綺麗に磨いてやっていた。最近ではカイエはアンリエットの訪れを心待ちにしているようだ。

「これからパーティだから、ここへ来るのは明日以降になってしまうの。もしも困ったことがあったら、鳴き声で知らせてね。そうすれば、外にいるヴィルヘルム様の部下たちが知らせてくれるわ」

『クーゥウッ』

二匹が揃《そろ》って可愛らしく喉を鳴らした。すっかり打ち解けているのが嬉しくなり、アンリエットは持ってきたリンゴを二匹へと差し出す。

「明日も持ってくるから。いい子で待っていてね」

「アンリエット様、お時間です」

地面に籠を置いたところで、石窟の入り口から声が聞こえてきた。エルシャだ。「それじゃあ、またね」と、リンゴを食べ始める竜たちに声をかけて外に出ると、専属護衛とともに来ていた侍女のネリーが安堵している。

「この日のために陛下が誂《あつら》えてくださったドレスが汚れたらどうしようかと思いましたわ」

「ふふっ、大丈夫よ。汚れるようなことはしないもの」

帝国へ来てから初めて出席するパーティとあり、ドレスはとても豪奢だった。薄い水色のドレスの裾は幾重にも布が折り重なり、ボリュームを出している。職人の繊細な技術を感じさせる上品な仕上がりだ。

薔薇をあしらって髪に編み込み結い上げたことで、ドレスと相まってアンリエットの美しさを引き立たせていた。

「お綺麗です、アンリエット様」

エルシャが感嘆の吐息をつき、笑みを浮かべる。レーリウス城の侍女らと支度をてつだってくれたネリーも満足げだ。

「ありがとう、皆のおかげよ」

微笑んで答えたアンリエットだが、いつもよりも緊張感があるのを自覚していた。

今日のパーティには、国内の主要貴族が集まる。ローランのように自国に対する矜持が高い者も多く、他国から嫁いできたアンリエットに厳しい視線を向ける者がいるだろう。

（それは覚悟のうえだけれど……粗相をしないかが心配だわ）

パーティに不慣れなため、何か不慮の出来事があった場合に上手く対処できるか不安だ。たとえ失敗したとしてもヴィルヘルムは許してくれるだろうが、初めて出席する場で無様な姿を見せたくない。

「カイエやシリルから元気ももらったし、気を引き締めてパーティに臨むわ」

張り詰めた気持ちを押し隠すように笑ったときである。

「そう気負う必要はない。ただの顔見せだ」

言葉とともに背中から抱きしめられる。こんなふうにアンリエットに触れてくるのは、この広い世界でもひとりしかいない。

「ヴィルヘルム様、そういうわけにはまいりません。皇后として初めて皆様の前に立つのですもの。認めていただけるよう務めますわ」

「俺の妻は、常に頑張りすぎている。もしもおまえに不敬を働く者がいれば、即刻地下牢へ閉じ込めてやる」

「お気持ちだけ頂戴します」

くすくすと笑いながら振り返ると、黒瞳が甘く細められた。

「今日は特に美しいな。アンリエットの前では神もひれ伏すに違いない」

「あ……ありがとうございます。ヴィルヘルム様も、とても綺麗……」

思わず見蕩れてしまい、頬が熱くなってくる。

正装しているため、彼は真っ白な軍服に身を包んでいる。普段と同じように金の肩章や胸章がついているが、色が違うだけで印象がまったく異なる。今のヴィルヘルムは、何者をも従わせる絶対的な存在感もさることながら、皇帝としての威厳に満ちあふれていた。

美しいのは彼のほうだとアンリエットは思う。深い夜の闇を思わせる憂いある瞳も、自分を見つめる穏やかな表情も、気遣わしげな声も、心を掴んで離さない。

「陛下、そろそろお時間です」

エルシャの声にヴィルヘルムが頷き、抱きしめていた腕を解いた。アンリエットに手を差し出し、ふっと微笑む。

「今夜は俺のそばから離れるな。弁《わきま》えていない愚か者がいないとも限らない」

「はい。ヴィルヘルム様の御心《みこころ》のままに」

彼の手を取ると、先ほどまで感じていた緊張が解けていく。

常に自分を見守ってくれているという安心感は大きい。だからこそ、自由に動き回れるのだ。ヴィルヘルムによってアンリエットの世界は大きく広がり、未来への希望を与えてくれる。

「わたくし、幸せ者ですわ。今、毎日が楽しくてしかたないのです。カイエのお世話をしたり、パーティに出席したり……ヴィルヘルム様に出会ってから、人生が大きく変わったのです。こんなに充実していていいのでしょうか」

「この程度で満足されては困る。アンリエットの人生はまだ始まったばかりだ。今後、気が遠くなるほど長い人生で幾度となく幸福を手に入れる。おまえに降りかかるすべての艱難辛苦《かんなんしんく》は俺が取り除いてみせると約束する」

彼の力強い言葉は、何があろうと大丈夫だと確信させてくれる。

「ヴィルヘルム様のおかげで、緊張が和らぎました」

「隣には、いつでも俺がいることを忘れるな」

「はい」

大きな手のひらのぬくもりが心地いい。自然と笑みを浮かべ、ヴィルヘルムとともにパーティ会場へ向かう。

皆が集まっているのは、普段は硬く扉が閉ざされた大広間だ。皇帝が催しを行なうときのみ立ち入ることの許される広間は、絢爛豪華《けんらんごうか》と呼ぶにふさわしい意匠が随所に施されている。

いくつものシャンデリアが大きな広間を照らし出し、稀少な材料で造られた床石や壁面を美しく煌《きら》めかせ、帝国の国力を見る者の心に刻むのだとエルシャに教わった。

今日は、久しぶりのパーティとあり、帝国の高位貴族が揃っている。だが、彼らは皇帝ヴィルヘルムに頭を垂れても、アンリエットを皇后だと認めないかもしれない。

自分に悪意が向けられることはまだいい。ただ、そのことで彼が心を痛めるのが悲しい。

「アンリエット」

回廊についたところで、ヴィルヘルムは立ち止まった。彼を見上げれば、どことなく心配そうに顔をのぞき込まれる。

「おまえが望まないなら、生涯パーティなど開かなくていい。開いたとしても出席せずに、部屋で過ごしてもいいんだ」

その言葉は過保護だが、すべては心配ゆえのことだろう。申し訳なく感じつつ、アンリエットは小さく首を振ってみせた。

「それでは、王国にいたころと変わりませんわ。わたくしは、この帝国で様々な経験をしたいのです。未知の体験への恐れはありますが、嫌がってはおりません。すべてを糧にし、いずれヴィルヘルム様をお支えできるような皇后になるのです」

毅然とアンリエットが答えると、ヴィルヘルムの表情が穏やかなものに変わった。

「おまえは、自分が思っているよりずっと強い。その生命力の輝きに魅せられたんだ、俺は。アンリエットのためならなんでもできるし、叶えられる力を持っていると自負している。世界の支配を望むなら、この手に収めて捧げよう」

「世界など……わたくしの望みは、そのような大仰なものではありません」

彼から告げられるのは、全部本心からの言葉だ。大切に想ってくれているがゆえに、何をおいてもアンリエットを優先する。

たとえ何を欲したとしても、ヴィルヘルムはその力を駆使して与えてくれようとするだろう。それこそ世界の覇権であっても、必ず実行してみせる。それは、彼の常日頃の言動から見ても明らかだ。

(けれど、わたくしは……)

「ヴィルヘルム様を愛し、愛されたい。喜びも悲しみも、あなたと同じ想いを分かち合いたい。わたくしが望むのはそれだけなのです」

命の灯火《ともしび》がいつ消えるのか、それだけを考えていた日々。周囲に迷惑ばかりかけているのがつらくてたまらなかった。

それが、彼と出会い、番になったことで、生きる喜びを知った。それどころか、愛されたいという欲を抱くに至っている。

「健康になって、やりたいことを考えられるようになったのです。今はなんでも挑戦したいし、ヴィルヘルム様のことをもっと知っていきたい。最近では、カイエの子が孵化する日が楽しみでなりません。ふふっ、案外忙しい日々でしょう?」

「……パーティを中止にして、部屋に連れ去りたくなるな。だが、そうするとアンリエットが楽しんでいる経験する過程を奪ってしまうから悩ましい。もう俺は、催しなどどうでもよくなっている。おまえのことしか見えない」

ヴィルヘルムの顔に苦笑が浮かぶ。人前では見せない表情だと気づきどぎまぎしていると、彼に腕を差し出された。

「会場近くでは、このほうが自然だろう」

彼の腕に手を添えたアンリエットは、「嬉しいです」と微笑んだ。

「今日もきっと、素敵な経験ができると思いますわ」

「アンリエットは、どれだけつまらないパーティでも己の糧としそうだ。頼もしくもあるが、心配でもあるな。目が離せない」

「ヴィルヘルム様に心配をおかけしないように、というのが今後の課題になりそうです」

他愛のない話だが、アンリエットの心は弾んでいた。彼と初めて夫婦としてパーティに出席することも影響している。

（緊張していたのが嘘みたいだわ）

心なしか足取りも軽くなり、城内の廊下を進んでいく。すると、別棟に入ったところで二名の儀仗兵《ぎじょう》が現れた。

彼らは皇帝と皇后をパーティ会場まで先導する役割だった。彼らのあとに続いて歩いていると、次に現れたのはヴィルヘルムの部下である。大勢の軍人が、廊下の壁に沿うように等間隔で並んでいた。

軍人たちは、ヴィルヘルムの姿を目にした瞬間に一斉に頭を下げる。一糸乱れぬその姿からは、皇帝への強い忠誠心を窺わせるものだった。身の引き締まる思いで足を進めてゆけば、両開きの扉前で儀仗兵が左右に散った。

「皇帝陛下、皇后陛下のご入場です」

贅沢《ぜいたく》に金細工が施された重厚な扉が、目の前でゆっくりと開かれる。ヴィルヘルムとともに会場に足を踏み入れたアンリエットは、煌びやかな光景にまず驚いた。

竜を描いた天井画に銅像など、至る場所に竜が飾られている。それらを照らすシャンデリアも、『番の間』とはひと味違う豪奢さだ。

王国の大広間もたいそう美しかったが、帝国は規模がまるで違う。

楽団の美しい調べが流れる中、朱絨毯が敷かれた階段を上がり、大勢の貴族たちを見下ろす位置までやってくる。皇帝と皇后の座する椅子が置かれたこの場は、まさしく帝国の頂きなのだと感じさせた。

「――皆の者、今日はよく集まってくれた」

ヴィルヘルムが第一声を発すると、こちらを見上げていた貴族たちはしんと静まり返った。

彼はその美貌に表情を乗せぬまま、臣民へ向けて淡々と語る。

「此度は我が妻アンリエットが帝国へ嫁ぎ初めて参加する催しだ。存分に楽しむがいい」

短い挨拶を終えると、拍手喝采で会場がしばし賑《にぎ》わう。皇帝を賛美する声をはじめ、婚姻への言祝《ことほ》ぎも上がっている。

すべての声を一身に受けていたヴィルヘルムは片手を挙げて答えると、アンリエットを促して椅子に座った。すると、皇帝へ挨拶をするためか、すぐさま階段前に高位貴族が並ぶ。下位の貴族らは順番が回ってこないことを悟り、飲食を楽しんでいる。

「我らが尊き主、皇帝陛下にご挨拶申し上げます」

口上から始まり、祝いの言葉や近況などを語る貴族に対し、ヴィルヘルムはひと言二言返すだけだった。それは誰に対しても変わらない態度だったが、時が経《た》つにつれ徐々に機嫌が悪くなっていく。

（どうなさったのかしら……？）

皇后の座にいるアンリエットは、ちらちらとヴィルヘルムの様子を窺っていた。

本来であれば貴族らとの会話に集中するところだが、アンリエットは見向きもされていないのである。

「我が妻に挨拶を」と告げられた貴族らは、祝いの言葉を述べてはいる。だが、いかにも形式的な態度で、よそ者の皇后はまだ信用ならないといったところだ。

皇帝のそばで悪し様《あざま》に皇后を罵るような輩《やから》はさすがにいない。しかし、貴族のほとんどから無視も同然の扱いをされている。

だが。

（もっと意地の悪いことをされるのかと思ったけれど、今のところは大丈夫みたいね。これもヴィルヘルム様が隣にいてくださるおかげだわ）

アンリエット自身気づいてはいたが、特に気にしてはいなかった。というのも、全員から無視をされているわけではなく、中には好意的な視線を向けてくる者もいたからだ。

とはいえ、自身が先陣を切って皇后と語らうほどではない。あくまでも静観の構えで、誰が最初に動くかを見極めている状況だ。

会話に気を取られないからこそ、こうして周囲を冷静に見られる。帝国貴族についてまだ疎いアンリエットにとっては、ありがたい状態だった。

（この機会に、貴族の力関係や交友関係も見ておかないと）

笑みを絶やさないまま、ヴィルヘルムと貴族の会話を聞きつつ考えていたときである。

楽団の奏でる音楽が切り替わり、ダンス用のそれが流れてきた。その瞬間、会場中の視線が皇帝ヴィルヘルムへ注がれる。

　彼と以前ダンスの練習をしたとき、『ダンスは踊らないと公言して久しい』と言っていた。番を持つように勧められるのを嫌っての宣言だったようだが、ヴィルヘルムとのダンスはとても楽しく踊りやすかった。

　彼を見つめると、それまでまったく動きのなかった表情が緩み、かすかな笑みが浮かぶ。

「アンリエット」

　立ち上がったヴィルヘルムに手を差し出される。その姿は、ふたりきりで庭にいたときを想起させるものだった。

　アンリエットが彼の手を取ると、貴族らのどよめきが聞こえてきた。皇帝が公の場でダンスを踊るのが久方ぶりとあって驚いているのだ。

　ふたりで階段を下り、ダンスホールの中心へと進む。大勢の人間がふたりに注目していたが、不思議とアンリエットは落ち着いていた。先ほど挨拶を受けていたときとは違い、彼の瞳がないでいたからだ。

　ヴィルヘルムの手がアンリエットの背に添えられる。大勢の人々の中であっても、彼の存在は際立っていた。いやが上にも、目を奪われるのだ。

　美しく気高い帝国の主は、只人《ただびと》にはない圧を発してこの場を統べる。

「この前も言ったが、俺はダンスは苦手だ。粗相をしたらすまない」

「わたくしはダンスの出来よりも、ヴィルヘルム様のお気持ちが嬉しいです。だって、得意ではないのに踊ってくださるのは、わたくしのためですよね？」

音楽に乗せて会話を交わす。

これまで避けてきたダンスを踊るのは、ヴィルヘルムがアンリエットを大切にしていることにほかならない。排他的な貴族に対し、皇帝の意を見せていることになる。

「時間はかかるでしょうが、皆に認めてもらう一歩になりますわ」

「おまえは……本当に、なんでも楽しもうとするんだな」

苦笑したヴィルヘルムは、それ以上何も言わずにステップを刻む。

彼とのダンスは踊りやすく美しい。こちらの技量に合わせてくれる技量があるのだ。苦手だという本人の発言は、一般的な感覚とはかけ離れていると言っていい。

（ふふっ、すごいわ……！　こんなに上手に踊れたのは初めてかも）

すでに人目も気にならず、ヴィルヘルムとのダンスに集中していた。彼だけしか見えず、彼もまた自分だけを見てくれている。

音楽と戯れるように踊っているうちに、あっという間に曲が終わってしまう。

ホールの周囲で見守っていた招待客からは、拍手のみならず、「素敵なダンスでしたわ」と称賛の声が広がっている。それらはヴィルヘルムとアンリエットの耳にも届き、ふたりで微笑みを交わした。

「どうやら粗相をせずに済んだようだ」

「踊り足りないと思うほど楽しかったです。わたくし、ダンスが好きになりそうです」

初めて人前でダンスを披露した高揚感のまま、ヴィルヘルムに伝えたとき。

「それなら、俺とも一曲踊ってもらえるだろうか」

聞き覚えのある声が投げかけられた。振り返れば、皇弟ローランと目が合った。

カイエに薙ぎ払われた傷が癒えるまで謹慎を言い渡されていた彼が、この場にいることにまず驚く。だが、次に続いたローランの言葉に耳を疑った。

「帝国に訪れた春を、不肖の身にもお祝いさせていただきたい。陛下、ぜひ皇后と踊る栄誉をお与え願えませんか」

ローランはあえて声を張り上げて、周囲に会話を聞かせていた。彼の提案は、明らかにアンリエットを手助けしようとするものだ。

だが、なぜそんなことをするのか見当がつかない。

(殿下に好かれていないのは自覚しているもの)

今日のパーティも、怪我を理由に出席しないこともできたはず。にもかかわらずこの場へ来たのは、ひとえに皇帝ヴィルヘルムへの忠誠心ゆえだろう。

ローランの意図は掴めない。とはいえ、衆人環視に前でダンスを断るのもいらぬ憶測を生む。

「お誘いいいただいて光栄ですわ、殿下。ヴィルヘルム様、よろしいでしょうか」

「……ああ」

ダンスをしていたときとは違い、彼の表情は失せていた。例の一件が尾を引いているのかもしれず、これ以上兄弟の関係を険悪にさせるわけにいかない。

アンリエットはそう判断し、ローランの手を取った。

新たな音を楽団が奏でると、ホールに人が集まってくる。皇帝と皇后のダンスが終わり、ここからは招待客がダンスを楽しむ時間だ。

だが、ローランとアンリエットの周囲にはほぼ人がいない。他国から嫁いできた后に対し、不快感を隠さなかった皇弟がダンスを誘ったことで、やはり耳目を引いている。

「ご快癒、お慶《よろこ》び申し上げます。ところで、なぜわたくしを誘ってくださったのですか?」

あえて愚直に尋ねてみると、ローランが眉根を寄せる。

「……借りを返しただけだ。皇后自らカイエを世話し、記録を残しているだろう。読ませてもらったが、これまで知らずにいたことが多く書かれていた」

カイエの世話を任されるようになったアンリエットは、その日の記録を記して提出している。

それは、一見すると意味を成さない日記のような文章だ。しかし、ローランにとっては有意義な知識となったようである。

　同じ竜種でも、カイエとシリルの嗜好《しこう》は異なる。たとえば、リンゴもそうだ。カイエは熟したものを好み、シリルは青いリンゴをよく食べている。

　ちなみに、どちらも鱗を拭いてやると喜んでいた。だが、爪を磨いたところ反応がよかったのはカイエだ。布で擦っただけだが、表面が光っているのが気に入ったらしい。

　そういった細かい生態を細かに記し、ヴィルヘルムに提出していたのだが、ローランの手元にも渡ったようだ。

「わたくしも、まだまだ竜たちについて知っていきたいと思います。カイエの出産までのつもりでしたが、お許しいただけるなら子どもについても記録できれば嬉しいですわ。きっと、今後の役に立つ情報になるはずです」

　よりよい環境で出産し、子育てができるよう手助けしたい。そのためには、竜について理解を深めなければならない。

「何か気づいたことがあったら、またお知らせしますね」

「頼んだ。……その代わりというわけではないが、最高の絵師を探している。見つかり次第、肖像画の制作に取りかからせる」

「ありがとうございます。楽しみです。わたくしてっきり、何か企みがあってダンスを誘ってくださったのかと思いましたが……違ったのですね」

「……貴様、少しは遠慮というものを知れ。勘違いしているようだが、俺は兄上の不利益になることはしない。皆の前でわざわざ火種を起こす必要はない。だが、次に同じことをするとは限らない。覚えておくんだな」

相変わらずの物言いで、ヴィルヘルムが聞いていたら怒りそうである。だが、アンリエットも負けてはいない。ローランは兄のために行動できる人物だというのは間違いなく、彼に対しては遠慮をしないほうがいいと感じている。

ローランの言葉の裏にあるのは、皇帝の役に立てという激励と、アンリエットの敵にはならないという意思表示。そして、皇族であることの矜持だ。

「殿下は、大変不器用な方でいらっしゃいますね。真意がなかなか伝わりにくいですが、ヴィルヘルム様が大好きだというのはよくわかりました」

微笑んで告げると、ローランが「うるさい、黙れ」と嫌そうな顔をする。けれど、これは照れ隠しであるのはお見通しだ。

会話が一段落したところで、一曲分の音楽が終わった。互いに礼をとってローランから離れたアンリエットだが、ヴィルヘルムのもとへ行こうとして足止めされた。エルシャだ。

「皇后陛下にご挨拶したいと申す者がおりますが、どうなさいますか」

エルシャの視線を追えば、アンリエットと同じ年頃の令嬢がにこやかにこちらを見ている。

（この先、皇后として社交の場も持たないといけないし、知り合いを作っておくに越したことはないわ）

ヴィルヘルムへと目を向ければ、彼は小さく頷いた。尋ねずとも、アンリエットの次の行動を察しているようだ。そのうえで許可したのは、集っている令嬢たちに害意がないと判断したことになる。

「皇帝陛下より、アンリエット様のおそばを離れぬよう命じられております。何かあれば、すぐに対処いたしますのでご安心ください」

「ええ、頼りにしているわ」

エルシャがいれば、ヴィルヘルムに心配をかけることにはならない。

友人とまでいかずとも、せめて知人くらいは作りたいと思いつつ、令嬢たちと交流を決めたアンリエットだった。

＊

皇后と皇弟のダンスを境に、パーティの雰囲気が明らかに変わった。

ヴィルヘルムは酒杯を傾けながら、アンリエットの姿を目で追っていた。その間もひっきりなしに貴族が挨拶に訪れたが、適当に話を聞き流している。

もともと、この手の集まりは好まない。先代皇帝が存命のころはパーティの機会も多かったが、即位してからはヴィルヘルムが積極的に宴を開くことはなかった。今回も、アンリエットのお披露目がなければパーティなど開かなかっただろう。

「皇后陛下は、大変愛らしいお方ですな。陛下が見初めた理由がわかる気がいたします」

腹の中では他国の人間への不信を抱きながら、皇帝を前に異を唱える者はいないが、かといって積極的にアンリエットと関わろうとしなかった。ただし、すべての貴族がそうというわけでなく、若者は柔軟に彼女との交流を望んでいる。

排他的な考えは年配者に多く、高位貴族ほどに強くなる。歴史を学んできたからだ。帝国民は他国よりも長命で、年を重ねている人間は恐れている。他国出身の皇帝の番が、帝国に禍《わざわい》を齎《もたら》しはしないか、と。

特にヴィルヘルムは、竜の加護を強く受け継いだ。もしも番が拐《かどわ》かされでもすれば、狂帝のようになりかねない。

狂帝が自らの番を殺害したことは伏せられているが、彼の皇帝の治政は荒れていた。ゆえに、仔細《しさい》を知らされていない臣民はなおさら他国の番を忌避するのだ。

黒い瞳は帝国の繁栄と忌むべき過去を内包している。情の薄い己であれば番への愛に溺れないだろうと高を括《くく》っていたが、結局は狂帝の足跡をなぞっているのかもしれない。

(今すぐ触れたい。俺はもう、おまえしか見えない)

令嬢と談笑しているアンリエットを見つめ、熱情に耐えていたときである。

ひとりの男が、彼女にダンスを申し込んでいる姿が見えた。瞬間、ヴィルヘルムは血液が沸騰しているかのような激しい怒りを覚えた。

「──虫が湧いたか」

「陛下？　今なんと……」

周囲にいた貴族たちを振り切り、アンリエットのもとへ向かった。

先ほどローランは、『帝国に訪れた春』と彼女を称した。ありふれた言葉だが的を射ている。彼女と出会う前、誓約紋を刻む前までのヴィルヘルムは、真冬の只中にいるようなものだったからだ。

けれど、誰しもが春のぬくもりを請い、引き寄せられる。それはまるで、芳《かぐわ》しい花の香りに魅せられる虫のように。

「アンリエット」

声をかけると、すぐさま振り向いたアンリエットが笑みを零す。大輪の薔薇が咲いたような美しさに、そばにいた男の顔が赤らんだのがわかった。

（どうしようもなく不愉快だ。なぜほかの男に見せなければならない？）

男を見遣《みや》れば、蒼白な顔をして震え始めた。

自分がどんな表情なのかは、男の様子からわかる。ひどく殺気立ち、今にも剣を手にして首筋へ振り下ろしたい衝動に駆られている。

「ヴィルヘルム様？　どうなさいましたか……？」

「来い」

アンリエットの肩を抱くと、強引に会場から連れ出した。

向かったのはバルコニーだ。夜は肌寒く、好んで外に出る者はいないからか人気はない。会場から漏れる光から逃れるように、アンリエットを円柱に押しつけた。

「おまえは俺の……俺だけの番だ」

普段は抑え込んでいる見苦しい本音があふれ出す。

病床からようやく回復した彼女を縛り付けたくない。その一方で、自分ひとりで独占したくなる。番への執着は、レーリウスの皇族の業だ。そんなものに呑《の》み込《こ》まれるつもりなどないのに、本能に抗えない。

「俺だけに微笑み、俺だけにその声を聞かせればいい」

「あ……っ」

襟ぐりを引き下げて胸を露出させると、乱暴に胸を揉みしだく。形が変わるほど乳房に指を食い込ませれば、アンリエットが戸惑って見上げてきた。

「ヴィル……ヘルム、さ……ンンッ」

唇を塞ぎ、合わせ目から舌を強引にねじ込んだ。口内を舌でかき混ぜつつ胸の先端を指で摘まむと、華奢な身体がふるりと震える。

今、この瞬間のアンリエットは自分だけのものだ。そう思うだけで仄暗《ほのぐら》い喜びを覚えている。

「ん、ンッ……んぅっ」

くぐもった甘い声に煽られ、ヴィルヘルムは自身の下肢が滾《たぎ》るのを感じていた。いくら触れたいと思っても、パーティの最中に実行するつもりなどなかった。完全に理性を失っていると頭の片隅で考えながらも、行為を止められない。

「何か、あったのですか……？」

息継ぎの合間に問いかけられる。混乱しながらも、ヴィルヘルムの行動を理解しようとしているのだ。彼女の優しさは心地よく気持ちを満たすが、それでも触れる手を止めずに胸の頂きを指で揺さぶった。

「んっぁ……っ」

「あまり声が大きいと、誰かに聞かれるかもしれない。もしそうなれば、俺はその者の耳をそぎ落とすことになる」

アンリエットの艶声を誰の耳にも残すつもりはない。あくまで仮の話だ。とはいえ、告げたのは紛れもなく本音で、それは彼女もわかっていた。

胸の尖《とが》りを抓り、戯れに引っ張ってやると、声を上げぬように必死で耐えている。健気《けなげ》なその様が欲情を煽り、痛いくらいに自身が昂《たか》ぶった。

ヴィルヘルムは己の前を寛《くつろ》げて肉棒を取り出した。それと同時にアンリエットの片足を持ち上げ、下穿《したば》きの隙間に屹立《きつりつ》をあてがう。

肉傘で何度か割れ目を擦れば、ぬちゅりと淫靡《いんび》な音がする。ただ先端を触れ合わせているだけなのに、欲望がさらに増幅する。

「安心しろ。誓約紋がその身にある限り、苦痛を感じることはない」

本当はもっと解してやりたいが、限界だった。

ぐっと先頂を秘裂に沈め、一気に突き上げた。

「あっ、ああ……っ」

円柱で身体を支えるように挿入したことで、アンリエットの片足が宙に浮く。不安定な体勢と外での交わりが不安なのか、まだ快楽に没頭できていなかった。

眉尻を下げてヴィルヘルムを見つめる瞳に非難の色はない。にもかかわらず胸が痛むのは、身勝手な振る舞いでも彼女が受け入れてくれるから。

(理性をなくすなど、獣と変わらない)

わずかに自嘲が脳裏を過るも、行為を止める理由にはならない。

強大な竜の加護と引き換えに得たのは、狂おしいほどの番への執着。魂に刻まれた盟約は、己の意思だけではどうしようもなく精神を束縛している。

(これではいずれ狂帝のようになる)

それだけは避けたい。だが、アンリエットを己に縛り付けたいという欲求を拭えずにいる。

「ヴィル……さま……ぁっ」

「っ……!」

膣《ちつ》内が大きくうねり、雄茎《せいそ》を深く食んだ。精を搾り取ろうと肉襞が絡みつき、ヴィルヘルムを追い詰める。普段は可憐で清楚な彼女からは考えられない淫蕩《いんとう》な反応だ。誓約紋の齎す効果なのか、抱けば抱くほどふたりの身体は馴染《なじ》んでいった。

「好きだ、アンリエット。おまえだけしか要らない」

「ふ、ぁ……っ……わ、たくし、も……ん、くぅっ」

熱情のままに愛を告げ、鋭く腰を突き込む。円柱に磔《はりつけ》にされた状態で肉槍に侵されながらも、アンリエットはヴィルヘルムに縋《すが》りついてくる。責めてくれても構わないのに、彼女の口からは喘ぎと愛が漏れるだけだった。

可愛い、愛しい、離したくない。このままふたりだけの世界に閉じこもれればいい。

ただでさえ強い快楽で思考がままならないのに、脳内をぐるぐると渦巻く醜い感情で塗りつぶされそうになる。それでもアンリエットを穿《うが》ち続けているのだから、救いようがない。

「アンリエット……アンリエット、アンリエット……ッ！」

がつがつと最奥に雄茎をねじ入れ、蜜壁の感触を味わう。

いくら抱いても抱き足りない。叔父のクロイツベルクは、『子を成せば落ち着く』と言っていた気がするが、この劣情が収まることを想像できない。

ヴィルヘルムは狂ったように腰を打ち付けながら、アンリエットに口づけた。小さな口の中を舌でぐちゃぐちゃにかき混ぜ、その動きに合わせて抽挿する。

そうすると、彼女の胎内はぎゅうっと狭まった。それがまた恐ろしく気持ちよく、忘我の境地へ追い立てられていく。

（おまえなしでは生きていけない。俺だけの、愛しい番――）

理屈ではなく、魂がアンリエットを求めている。ヴィルヘルムは一心に媚肉を削り、絡み合う粘膜の感触を堪能した。

美しく着飾ったドレスは乱れ、髪に編み込んでいた花が床に散る。アンリエットという一番大切にしなければならない花を、己の手で手折った。その先に何があるのか、今のヴィルヘルムに考える余裕はない。

「ヴィルヘルム……さま……ンんっ……も、う……っ」

無我夢中で攻め立てていたせいで、アンリエットが限界を訴えてくる。誓約紋の効力で愉悦が強く、絶頂感を促されていた。

「まだ、だ。孕むまでおまえを抱き尽くす」

「あっ、んぁあ……ッ」

ここがどこであるかなど、すでに頭の中から消え去っていた。腰を動かすたびに、じゅぽじゅぽと淫らな音が響き渡り、静謐《せいひつ》な空気に溶けていく。

激しく最奥を突こうと緩く浅瀬を穿《ほじく》ろうと、何をしても心地よかった。身体全体を使って覆いかぶさる格好のため密着度が高く、アンリエットの表情を間近で見られる。淫熱に浮かされた表情にぞくぞくし、蜜孔を侵す雄芯の質量が増す。

「ふ、ぁあ……っ、ん、くぅっ」

生理的な涙を流しながら、アンリエットがあえかな声を漏らす。膣内は刺激をねだるように締まっていき、ヴィルヘルムの吐精を促していた。

少しで長くアンリエットと繋がっていたい。ヴィルヘルムの身体は欲望に忠実で、考えるよりも先に行動に移す。

身体をわずかに離して彼女を完全に円柱へ寄りかからせ、目の前で揺れる乳房を揉む。乳首は硬く凝り、指で擦ってやると胎内に伝わってぎゅっと締め付けてきた。

「は……ぁっ」

ヴィルヘルムは眉根を寄せ、荒い呼気を吐き出す。今度はゆったりと胎内を行き来させつつ乳首を捻り上げた。

「や、ぁっ……も……これ以上、は……ぁンッ」

「だが、快感はあるだろう？」

熱く潤んだ胎内がその証拠だ。ぐねぐねと蠢《うごめ》いて肉棒を扱くその動きは、アンリエットが達する寸前だと伝えてくる。

「ここで止めるほうが、おまえもつらくなる」

誓約紋を刻まれて番になった女性は、通常よりも感じやすくなる。子を成すための行為に苦痛がないのは僥倖《ぎょうこう》だが、あまりに強烈な悦は時に毒だ。一度交わったら最後、快楽の頂点を極めるまで身体が熱を発し続けるからだ。

命を繋ぐことが最優先だったアンリエットは、ヴィルヘルムの手を取った。けれど、ようやならない。

く自由に動けるようになったというのに、今度は夫に束縛されようとしている。それが憐《あわ》れで

「アンリエット、愛してる。……愛して、いるんだ」

「あ、ああ……っ」

奥底まで肉塊を埋め込み、精を吐き出すべく蜜壁を擦り立てる。

自分の愛は、ひどく独善的で、アンリエットを苦しめるだけのものかもしれない。それでも

嫌われたくない、愛されたいと願うのをやめられない。

「ヴィル……んぅ、っあぁっ」

アンリエットが刺激に耐えるように、ヴィルヘルムの首筋にぎゅっとしがみつく。絶頂がす

ぐそこまで迫っているのか、締め付けがより強くなっていく。

ヴィルヘルムは本能のままに、彼女の中を抉り続けた。せめて快楽だけは感じさせたい。優

しく扱えなかった分を埋め合わせるように、絶頂へと導く。

「はぁっ……ヴィルヘルムさ、まぁっ……っあ……ぁあぁ……――ッ」

膣圧が高まり、びくびくと蠕動《ぜんどう》する。アンリエットが達したのだ。快感を極めた彼女に引き

ずられ、ヴィルヘルムの射精感が強くなる。

自覚できるくらいに肉棒が膨張し、下肢が溶けそうなくらいの熱を持つ。肉壁の圧搾を振り

切って抽挿すれば、達した直後で過敏になっている彼女が身を震わせた。

「っ！……んっ……――ッ！」

アンリエットが声を出すのもつらいというように息を詰める。蜜窟が絶え間なく収縮し、ヴィルヘルムの雄棒を締め上げたことで、愉悦の頂きへ駆け上がる。

「うっ、く……！」

ぶるりと胴震いし、最奥へ白濁をまき散らす。吐精はなかなか収まらず、すべてをアンリエットの胎内へ注ぎ込んだころには、彼女の意識は失われていた。

(俺は、いずれアンリエットを壊してしまう)

連綿と続く竜の加護が、狂帝の血が、いつか最愛の彼女を食らい尽くしてしまいそうで、ヴィルヘルムは怖かった。

第四章　愛が重くても構いません

お披露目パーティから数日後。アンリエットは、すでに日課となっている石窟へ赴き、甲斐《かい》甲斐《がい》しくカイエの世話をしていた。

「気持ちいい？　ふふっ、カイエはいつもおとなしくてお世話しやすいわ」

話しかけながら、鱗を丁寧に拭いていく。ちなみに、今日はドレスではなく平民が着るような簡素な服を身につけている。動きやすさを重視した結果だ。最初は侍女たちが渋っていたものの、『ドレスだとカイエのお世話をしづらいから』と説明し、納得してもらっている。

長い時間を過ごすようになり、竜の生態にもだいぶ詳しくなってきた。

爪を磨いてやるうちに、カイエが光り物を好んでいると気がついた。そこで、石窟の中を硝子《ガラス》細工や宝石で飾ったところ、かなり気に入ったようだ。今日もアンリエットが手ずから飾り付けを行なっており、カイエの機嫌はすこぶるよかった。

「今日持ってきた布も、光沢があって綺麗でしょう？　だんだんとここも華やかになってきたわね。子どもも気に入ってくれるといいけれど」

『クルゥゥッ』

「早く産まれないかしら？　会えるのが楽しみだわ」

やはり言葉が伝わっているようで、カイエはいつも返事をしてくれる。だからか、ついつい嬉しくなって話が絶えない。アンリエットにとって、ここでのおしゃべりは息抜きであり、竜との大切な交流の場だった。

「あのね、カイエ……聞いてくれる？」

この数日悩んでいたが、侍女のネリーや専属護衛のエルシャにも言えずにいることがあった。ヴィルヘルムとの関係についてだ。皇帝と皇后の私的な事柄は、いくら信頼している彼女たちにも相談はできない。

アンリエットは吐息をつくと、心に秘めていた想いを語り始めた。

「この前、パーティがあったでしょう？　あれから……ヴィルヘルム様と少し気まずいの。どこがどうというわけではないけれど、目を合わせてくださらなくて」

パーティは、表向き成功した。最初は遠巻きにされていたが、若い貴族を中心に会話を交わし、お茶会にも誘われている。この国で友人知人がいないアンリエットには、これからの社交への足がかりとなったのだ。

だが――女性たちと話していたところに割って入ってきた男性から、ダンスに誘われた。ヴィルヘルム以外と踊るつもりはなかったため困ったが、幸いにも彼自身が助けてくれた。

問題は、ここからだ。

彼はこちらが困惑するくらいに怒りを露わにし、強引にバルコニーで行為に及んだのである。アンリエットはその後気を失い、気づけば自室の寝台の上だった。事情を知らないネリーやエルシャは、たいそう心配していた。体調が悪くなり倒れたと思っているのだ。

慌てて否定したものの、本当のことは言えなかった。それに、何よりもまずはヴィルヘルムと話したいと思った。

ところが、彼は翌日に顔を合わせて「悪かった」とひと言謝罪して以降、気まずそうに逸らしてしまう。ここ数日ずっとだ。話しかけても空返事で、心の中がモヤモヤしている。

「……わたくしはヴィルヘルム様に怒ってはいないし、謝罪もいらないわ。ただ、なぜあのような行動をされたのか知りたいだけなの」

ヴィルヘルムは明らかに気分を害していた。ただ、アンリエットに対して憤っていたわけではなく、独占欲めいたことを言われている。

（でも、嫉妬されるような行動はしていないし……）

もしかすると、彼の気に障るような何かを見落としていたのかもしれず、そうならハッキリ指摘してもらいたい。

「……謝られたけれど、一線を引かれてしまった気がするの。わたくしは、あの方が何を思い考えているのかを知りたいのに」

『クゥゥ……』

カイエはアンリエットの気持ちに呼応しているかのように、寂しげな声を出した。慰められている気がして、ふっと笑みが浮かぶ。

「ありがとう。話して楽になれたわ。ちゃんとヴィルヘルム様ともお話ししないと駄目よね。悩んでいるばかりでは、何も解決しないもの」

臥せっていたころとは違い、自分の意思で行動できるのだ。熟慮も時に必要だが、今、彼としなければならないのは会話だ。

「そうと決まれば、さっそく今夜にでも……」

「アンリエット様、よろしいでしょうか……！」

入り口から聞こえてきたのはエルシャの声だ。焦った様子に驚きつつ、アンリエットは彼女のもとへ向かう。

「どうしたの？　何かあった？」

「皇太后様の侍女殿がいらっしゃいました。こちらをご覧ください」

差し出された封書の裏には、皇太后の封蠟《ふうろう》が押されていた。丁寧に封を開くと、『本日、都合がよければ、ふたりきりで話をしたい』『ただし、この件は内密にしてほしい』という内容が書かれている。

(これは、ヴィルヘルム様に知られたくないということよね)

彼に内緒で会うのは気が引ける。だが、長く臥しているという皇太后とは、いまだ顔を合わせていない。こういった機会はもうないかもしれないし、何よりもヴィルヘルムの母親に会いたい気持ちが強かった。

「皇太后様からお誘いいただいたの。ぜひ伺いますとお返事してくれる？　わたくしは一度部屋に戻って準備をするわ」

「いえ、それが……侍女殿が外で待っているのです。アンリエット様が皇太后様にお会いするのであれば、案内役が必要になると……その場合、すぐに別棟へ向かうとの話でした」

普段冷静なエルシャも困惑しているようだった。皇太后からの呼び出しはずいぶんと変則的で、護衛として警戒するのは正しい判断だ。

「わかったわ。お急ぎのようだし、このまま侍女に案内してもらいましょう」

カイエには「また来るからね」と説明し、その場を離れる。外には見覚えのない年嵩《としかさ》の女性が立っていた。

「お初にお目にかかります。皇太后陛下の命により、皇后陛下の案内役を務めさせていただきます。正面からではなく、秘密の通路を使用することになりますのでご承知おきください」

「ええ。では、案内を頼みます」

本来であれば、訪問には様々な手順がある。平民のような服装で皇太后に相まみえるなど考えられないことだ。

皇太后があえて慣例に外れた命を下すのは、よほど息子に知らせたくないのだろう。

侍女の後に続いて歩いていくと、人通りのない場所を的確に選んでいる。騎士や使用人が数多く行き交う城内において、人に会わずに移動するのは難しい。さすがは皇太后の侍女と言うべきか、城の通路という通路を熟知していた。

裏庭を進んでいくと、突き当たりに草木に隠れるようにして石造りの扉があった。侍女がそこを開いて足を踏み入れたところで、後ろからついてきていたエルシャが呟きを漏らす。

「このような場所があるとは……初めて知りました」

「皇族の中でも、限られた方しか使用しない通路です。陛下も殿下もご存じないでしょう」

説明を聞きながら、右に左に幾筋もある分かれ道を迷いなく歩く侍女に続く。まるで坑道のようだと思いつつ、初めて訪れる場所は新鮮で、アンリエットは視線をあちこちに動かした。

「とてもじゃないけれど、ひとりでは正しい道を進めそうにないわ」

「そうそう使用するものではございませんし、問題ないかと。もとは、かつての皇帝が番のために造った通路だと聞いております」

侍女の話によると、現在皇太后とローランが住まう別棟は、かつての皇帝と番が居住していたという。

番の逃亡を恐れた皇帝は、厳重な警備を敷いて妻を監禁した。それでも安心できずに、出入り口をすべて封鎖し、外界と繋がる唯一の扉の先は迷路のような坑道のみにしている。

番を他者から隔離し、閉ざされた世界で番を囲っていた。その姿は、周囲にも恐怖を与えるほどだった。

己の伴侶に溺れたかつての皇帝の話には、心当たりがある。

「狂帝ヴィクター……」

（もしかして……）

「……その名を出すのはお控えくださいますよう」

苦々しく侍女が答えたとき、前方に鉄製の扉が見えた。今までとは明らかに違う造りの扉は、目的地がこの先にあることを窺わせる。

「皇太后様はすでにいらっしゃっておりますが、お加減があまりよろしくありません。長時間の会話は難しいかと存じます」

「そう……わかったわ」

アンリエットが頷いたのを確認し、侍女が鉄扉を開いた。

明るい場所に突然出たことで一瞬目が眩《くら》んだが慣れてくると、視界いっぱいに広がる光景に息を呑《の》む。

（なんて美しい場所なのかしら）

目の前に広がるのは、小さな中庭だった。赤や黄、白や橙《だいだい》など、様々な品種や色の薔薇が咲き誇っている。その中心には四阿《あずまや》があり、中には優雅に茶を飲む女性の姿があった。

太陽の光を凝縮したような金色の髪と陶器のごとき白い肌。清廉さと儚《はかな》さを感じさせるその女性こそ、前皇帝の番。皇太后その人だった。

ゆっくりと歩み寄り四阿に足を踏み入れると、皇太后がふわりと微笑んだ。

「そなたがヴィルヘルムの番ね」

「皇太后様のご尊顔を拝し、恐悦至極に存じます。このたびシュナーベル王国より嫁いでまいりましたアンリエットと申します。無作法な身形《みなり》で御前に参じましたご無礼をお許しください」

最上級の礼をもって膝を曲げると、皇太后は朗らかな表情を浮かべた。

「畏《かし》まる必要はないわ。楽にしなさい。茶を振る舞いましょう」

勧められるままに椅子に座ると、侍女が茶を注いでくれた。皇太后は茶器に口をつけながら、これまで顔を合わせられなかったことへの詫《わ》びを述べた。

「先帝の逝去から体調が優れずに、パーティにも出席できなかったの。本来なら皇后の公務を引き継ぎせねばいけないのに」

「お気になさらないでくださいませ。ご体調の回復が第一ですわ」

「そう言ってもらえると助かるけれど……」

鷹揚な言動からは、臥せっていたとは思えない存在感があった。若々しく、二十代前半にしか見えない容姿も要因だろう。

ただ、顔色は少し悪い。前皇帝の逝去が影響しているのは明白だった。

「今日呼んだのは、ヴィルヘルムについて伝えておきたいことがあったの。……パーティで一波乱あったそうね」

「えっ、ご存じだったのですか?」

「わたくしの〝目〟となる者は、城の中に何名かいる。そなたに対してローランが無礼を働いたことも知っているわ。……すべては、わたくしが不甲斐ないせいね」

目を伏せた皇太后は、アンリエットの境遇を憂いているようだった。

「望まれて嫁いできたというのに、嫌な思いをさせるのは申し訳ないと思っているわ。ヴィルヘルムの執着心にも驚いたのではなくて？」

「……はい。歴代の皇帝にとっての番がどれほど大事な存在なのか、話には聞いておりました。ですが、本当の意味でわかっていなかったのです」

彼に激情をぶつけられ、初めて理解した。ヴィルヘルムにとって――いや、竜の加護を継いだ者にとって、番は己のすべてであり生きる意味に等しい。ゆえに、他者の存在から徹底的に守ろうとするのだ。

「ですが、わたくしはそれが嫌だとは思いません。悲しいのは、ヴィルヘルム様と通じ合えないことなのです」

「通じ合えない、とは？」

「……『自分の愛は重い』とあの方はおっしゃいました。わたくしは、その想いをすべて受け止めたい。そして、愛をお返ししたいのです。ですが、ヴィルヘルム様は……パーティから目を合わせてくださいません」

番への執着に溺れた狂帝ヴィクターの存在をヴィルヘルムは恐れている。狂帝と同じ道を辿《たど》ることを誰よりも嫌っているのは彼自身だ。

にもかかわらず、パーティでは己の感情に呑み込まれ、アンリエットを強引に抱いた。

「距離を置かれるくらいなら、重い愛をぶつけてほしいのです。それは、番にしかできないことだと……わたくしだけに許された権利だと思っております」

アンリエットは自分の感情を包み隠さず明かした。

番という立場で長く前皇帝を支えてきた皇太后だからこそ、知り得る事実もあるはずだ。少しでも今後についての助言を得られればと考えてのことだった。

「そなたは、わたくしの予想よりも遥かに覚悟を持っているのですね」

皇太后はふと目を伏せると、穏やかな声音で続けた。

「わたくしから助言をひとつ授けます。——ヴィルヘルムと、喧嘩《けんか》をしてみなさい」

「喧嘩……？」

思いがけない皇太后の提案に、アンリエットは目を丸くした。

＊

同日。執務室で書類に目を通していたヴィルヘルムだが、集中できずにため息をついた。

パーティの最中にアンリエットを強引に抱き、罪悪感に苛まれていたのである。

番は行為で苦痛を感じることはない。たとえひどい抱き方をしても、快楽だけを得られる。

とはいえ、彼女の意思を無視して抱いていいはずがない。

あれからアンリエットとほとんど会話を交わしていなかった。我ながら情けないと思うが、彼女から嫌われるのを恐れて距離を取っているのだ。

（もし仮に、嫌悪されたなら……いよいよ俺は狂ってしまうかもしれない）

想像するだけで、胸が鋭く痛む。加護を刻んだ番の存在は、レーリウスの皇族にとって安らぎとなるが、同時に猛毒にもなるのだと実感した。

「それでも、出会わなければよかったとは思えない」

苦悩の滲む顔を両手で覆い、独白したとき。

「失礼いたします。皇后陛下より、手紙が届いております」

「手紙？」

入室を許可すると、銀製の盆を持って入ってきたのはエルシャだった。

「ブロスト……おまえはアンリエットの護衛だ。そばを離れてどうする」

「おそれながら……皇后陛下より、一時的に任を解かれております。代わりに、必ずこの手紙を読んでいただくよう申しつかりました」

恭しく差し出された銀盆から手紙を取ると、一瞬封を開けるのを躊躇《ためら》った。

わざわざ手紙を書いて寄越すくらいだ。大切な用事に違いない。しかし今の状況で確かめるのはかなり厳しい。もしも、この生活が苦痛だと告げられたら。ヴィルヘルムは、彼の狂帝と同じ道を辿ることになる。

心の奥底へ封じ込めていた、アンリエットを誰の目にも触れさせたくないという感情。城の奥深くへ閉じ込め、朝も昼も夜もふたりだけで過ごす世界。それはとても魅力的で、すぐにでも実行してしまいたくなる。

(この俺が、墜《お》ちたものだな)

大陸の情勢は安定しているが、それでも戦がないわけではない。長い時を生きる中で戦場に立った経験は一度や二度ではない。

だが、初陣のときでさえ恐怖はなかった。数多の敵を殲滅《せんめつ》していく過程に、喜びすら覚えていたくらいだ。

戦場では、敵味方問わず、竜帝ヴィルヘルム・レーリウスの名は恐怖の対象になっていた。残虐な方法で敵兵を剣の錆《さ》びとし、幾千もの屍《しかばね》を築いたからだ。

それなのに、番に――アンリエットに拒絶されることを、何よりも耐えがたく思っている。己の有様を内心で嘲笑《あざわら》うと、ヴィルヘルムは恐れを振り切るように手紙の封を開く。

中に入っていたのは、一枚の便箋だった。

『わたくしを捜してください』

記されていた一文を見て絶句する。

（捜せとはどういうことだ？）

部屋と石窟がアンリエットの主な行動範囲だ。捜すのはあまりにも容易だが、手紙を送ってきたということは、普段とは別の場所へいることになる。

「……アンリエットはどこへ行った」

怒りを湛《たた》えたヴィルヘルムの声に、エルシャが息を呑む。かすかに身を震わせていたが、それでも毅然と主の問いに答えた。

「わたしは知らされておりません。本日、皇太后様よりお誘いがあり、別棟でご歓談されておられました。その後、手紙を認《したた》めてわたしに託されたのです」

「皇太后……母上が、アンリエットを……」

いずれ顔合わせをと考えていたが、呼び出しがあるとは考えていなかった。父を亡くして以降は人前に出ず、長らく私室に閉じこもっていたからだ。

母が、自分と同じ立場のアンリエットを害するわけがない。そもそも、見舞いすら断るくらいに衰弱していた人間だ。よほど切迫した理由があり、アンリエットを呼び立てたはずだ。

「皇太后のもとへ向かう」

上衣を着る間すら惜しみ、剣だけを携えたヴィルヘルムが、足早に執務室を出ようとする。ところがその前にエルシャが立ちはだかった。

「お待ちください、陛下」

「退け。俺の邪魔をすれば斬る」

凄まじい殺気を放ち、短く告げるヴィルヘルムに対し、エルシャは小さく首を振る。

「邪魔をするつもりはございません。アンリエット様は、『行き先はシリルにだけ教える』とおっしゃいました。ヴィルヘルム様にも、そう伝えるようにと」

まるで謎かけだったが、ほんのわずか冷静さを取り戻す。

本気で身を隠すつもりなら、そのような伝言は残さない。おそらくは、皇太后と顔を合わせた中で、なんらかの意図が生まれたのだ。

ヴィルヘルムは一度大きく息を吐くと、すぐに石窟へと駈けていった。

*

一方、そのころ。

「――まったく。なぜ俺が付き合わねばならない」

皇弟ローランとともに城を出たアンリエットは、小高い丘の上で風に吹かれていた。

視界を遮るものが何もなく、広々とした草原だ。草花が茂り、見渡す限りの青空が広がっている。とても長閑《のどか》な場所で、思わず地面に寝転びたくなるほどだ。

「母上の頼みだから渋々引き受けたが……この俺を護衛にするなど、まったく贅沢だ」

「ですから、お礼にカイエとの仲を取り持ったではありませんか」

ローランの愚痴に笑顔で返すと、「それとこれとは話が別だ」と、面白くなさそうだ。

皇太后は、『ヴィルヘルムと喧嘩をしてみなさい』と提案し、ローランを呼びつけた。そして、『アンリエットが外出するから護衛するように』と有無を言わさず命じたのである。

皇后に対して無礼を働いた詫びをしろと母親から告げられて、皇弟といえども逆らえなかったようである。

さすがに申し訳なく思ったアンリエットは、カイエと会わないかとローランに申し出た。怪我を負ってから石窟にも行けなかった彼は迷いがあったものの、最終的にはカイエのもとへ向かうことを決断。ふたりで石窟へ赴いたのだ。

「カイエも怒っていませんでしたしよかったですね。きっと、殿下に怪我を負わせたことを気にしていたはずです」

「……皇后は、本当に竜と会話をするのだな」

「なんとなく、竜の気持ちが理解できるだけです。だいたいは、わたくしがひとりでしゃべって、竜たちが返事をしてくれるだけですし」

「充分だろう。石窟の中が華やいで、カイエも嬉しそうだった」

ローランは感心したように呟きを漏らす。

「竜の寝床を飾り立てるなど、まったく思いつかなかった。シリルもカイエも皇后の前では寛いでいるし、かなり懐いているな」

「わたくしにも理由はわかりませんが、害意がないとわかってくれているのだと思います。あの子たちも産まれてくる子も、健やかでいることがわたくしの願いなのです」

そしてそれは、ヴィルヘルムの願いでもあるはずだ。シリルに触れるときの彼は、とても優しい表情をしているから。

「カイエの様子だと、孵化まではもう少しかかりそうですが……。楽しみですね」

「そうだな……。無事に産まれてくれることを祈る」

空を仰いだローランが、ふと思いだしたように継げた。

「卵が産まれたことで、皇后にはひとつ役目ができた。知っているか」

「いえ、何をすればよいのですか？」

「竜の卵は雄《おす》ならば黒に近く、雌《めす》ならば白色らしい。雄雌どちらなのかを、〝始まりの竜〟が祀《まつ》られている寺院に報告に行くそうだ。ここへ来る前に知ったことだ」

そう言って差し出されたのは、皇太后直筆の手紙だった。

アンリエットがヴィルヘルムに手紙を書いていたとき、皇太后から託されたらしい。

彼女は病床にありながら、皇后の役割を少しずつ認めていたことや、本当は直接渡そうと思って今日呼び出したことなどが書いてある。

ローランにこの手紙を渡したのは、アンリエットの役に立てと暗に伝えているのだろう。母の考えをわかっているローランは、その命に従ったというわけだ。

「大切に読ませていただきますわ」

手紙を胸の衣嚢に収めると、皇太后の計らいに感謝する。

「素敵なお母様ですね。わたくしが目指すべき姿がわかった気がいたします」

「父も母に頭が上がらなかった。病でなければ、率先して皇后の力になっていたはずだ」

ふっと力が抜けたように笑ったローランが、空を指さした。

「シリルはしっかり兄上を連れてきたようだぞ。やはり皇后の話を理解しているな」

「あ……」

竜がまっすぐこちらへ飛んでくる姿が見えた。ローランの言うように、アンリエットの言葉をシリルが正しく理解している証だ。

石窟でカイエとローランを引き合わせたときは、シリルもその場にいた。そこで、『ヴィルヘルムを「シュナーベルの丘」へ連れてきて』と頼んだ。場所の選定は、ローランである。彼にどこに行けばいいかと尋ねたとき、真っ先に出たのかこの場所だ。

「俺は、兄上に殴られる前に戻る。あとは勝手にしろ」

「はい、ありがとうございます」

片手を上げて応えたローランは、馬車が待つ方向へと立ち去った。しばしその背を見送って
ふたたび空を見上げたアンリエットは、思わずその場から動けなくなった。

シリルが地上へ降り立つ前に、ヴィルヘルムが飛び降りたのだ。

「ヴィルヘルム様……！」

膝をついている彼に驚き駆け寄ると、すぐさま立ち上がったヴィルヘルムの手が伸びてくる。

「アンリエット……心配、した……」

息苦しいほどに抱きしめられ、胸が締め付けられる。

彼はよほど焦っていたのか、珍しく上衣を身につけていなかった。伝わってくる鼓動はとて
も速く、襯衣は汗ばんでいる。ヴィルヘルムの想いの深さの表われだった。

「ちゃんと捜してくださったのですね」

「当然だ。おまえがどこへ逃げようと、必ず捜し出して捕まえる」

「それほど大切にしてくださっているのに……なぜ、目を合わせてくれないのですか？」

びくり、と彼の身体が反応する。アンリエットは彼の腕の中から逃れると、ヴィルヘルムの

顔をまっすぐ見つめた。

「ヴィルヘルム様は、いつもわたくしに微笑んでくださいます。それなのに最近は避けられているようで寂しいのです」

「俺は……」

「正直な気持ちをおっしゃってください。そうじゃなければ、わたくしはお城に戻りません」

あえて強い口調で言い放つ。

アンリエットが本気だと悟ったのか、ヴィルヘルムは遠くを見据えたままにポツポツと語り始めた。

「……この前は悪かった。ずっと謝ろうと思っていた。おまえのことになると理性を失う自分が情けなくて、目を合わせられなかった。嫌われるのが怖いんだ、俺は」

偽りのないヴィルヘルムの本心だ。そう感じるのは、声も表情も切実だったから。

大国レーリウスの皇帝ヴィルヘルムは、誰にも脅かされることはない。竜の加護を持ち、絶大な力を有する竜帝の名は、それほどに強いものだ。

だが今は、皇帝の威厳はなく、ただひとりの男としてアンリエットに対峙《たいじ》している。

「きっといつか、おまえを壊してしまう。狂帝のように狂い、命まで奪いかねない。それでも、手放してやれないんだ」

深い悔恨に苛まれた声音だった。苦しい胸のうちを吐き出す彼の姿に心が痛む。しかしアンリエットはあえて微笑み、彼の手を取った。

「大丈夫です。そう簡単には壊れません」

自分の頬にヴィルヘルムの手をあてると、ようやく彼と目が合った。

「今のわたくしは、これまでの人生で一番健康なのです。ですから、ヴィルヘルム様と喧嘩だってできますわ」

「喧嘩……？」

「嫌うまでいかなくても、長い人生では時にぶつかることもあるはずです。そういうときは、とことん喧嘩をすればいいのだと皇太后様に教わりました」

——ヴィルヘルムと、喧嘩をしてみなさい。わたくしも先帝とは何度も喧嘩をしたものよ。番とはいえ、すべてを受け入れて我慢する必要はないの。夫婦とは対等な関係なのですから。長くともに生きるためにも、衝突を恐れてはいけないわ。

皇太后からの助言を話しながら、自分の気持ちを彼に届ける。

「わたくしも、皇太后様の意見に賛成です。何度喧嘩をしたとしても、そのたび仲直りをすれば絆《きずな》は深まります」

アンリエットの話が予想外だったのか、ヴィルヘルムの瞳に驚きの色が混じる。

「……喧嘩か。俺が愚かなことをしたときは、叱ってくれるのか？」

「もちろんです。逆に、わたくしが何かすれば、ヴィルヘルム様も叱ってください。それで嫌いになることは絶対にありません」

「そうか……そうなんだな」

噛《か》み締《し》めるように呟いたヴィルヘルムは、くしゃりと顔を歪めた。

「これからも、自分の感情を制御できないことがあるかもしれない。そのときは叱ってくれ。……アンリエットの気持ちを大事にしたいんだ」

「わかりました。約束です」

そこでようやくヴィルヘルムの顔に笑みが浮かび、アンリエットは安堵する。

ふたりはしばらく見つめ合い、互いに注がれる愛を実感していた。

第五章　この命尽きるまで離さない

その日、レーリウス城は歓喜に包まれていた。〝始まりの竜〟末裔の番であるカイエが、さらにもうひとつ卵を産んだのだ。

最初に気づいたのは、カイエの世話をしていたアンリエットだ。朝、いつものように石窟に入ったところ、シリルが落ち着きなく鳴いていた。

不思議に思いつつも、もしやと思いカイエに近づき、卵を発見したのである。

急いで外で控えているエルシャに声をかけ、ヴィルヘルムを呼ぶように伝えたところ、時を置かずして駆けつけてきた。

「卵の色からして、今度は雌のようだな。雄よりもだいぶ小さいようだ」

卵を見るなりそんな感想を述べているヴィルヘルムだが、酒樽《さかだる》ひとつ分くらいはある。充分大きいとアンリエットは感じている。

「孵化すれば、すぐにわたくしたちよりも大きくなるのでしょうね。竜の子の成長も記録してよろしいですか?」

「当然だ。アンリエットになら、安心して任せられる」

ヴィルヘルムの言葉に胸を撫《な》で下ろす。

最近城内では、竜の世話係として認識されつつある。帝国に来た当初は使用人や騎士から一線を引かれていたが、少しずつではあるが距離が縮まっている。いずれは、エルシャやネリーのように言葉を交わせる日もくるだろう。

「おめでとう、よく頑張ったね」

カイエを労《ねぎら》うと、『クゥゥッ』と、誇らしげだ。

シリルにも「無事に産まれてよかったね」と祝いを告げたところ、『キュゥッ』と、今までに聞いたことのない鳴き声で答えた。

新たな命の誕生は喜ばしい。世話をしながら見守り続けていたからなおさらだ。カイエの親のような気持ちになっている。

「……アンリエット?」

ヴィルヘルムは顔をのぞき込み、指先で目尻に触れた。

「なぜ泣く?」

「感激して……それと、ホッとしているのだと思います。シリルとカイエは帝国に来て初めてできた友人で、わたくしにとって家族のような存在なのです」

「おまえが親しみをこめて接していたから、竜たちも信頼しているんだろう。シリルもカイエも、アンリエットにかなり甘えている」

ヴィルヘルムが視線を投げると、シリルが首を差し出す。撫でろと催促しているのだ。

「父親になるのに、相変わらずだな」

そう言いながらも、シリルの首を撫でる彼もまた嬉しそうだった。微笑ましく思いながら、卵をじっと眺める。

「カイエがふたつ目の卵を産んだと寺院に報告します」

「そうだな、頼む」

〝始まりの竜〟が祀られている寺院へ赴き、卵が産まれたことと、それが雄か雌かを報告する必要がある。それは皇后の役目だと、皇太后から教わった。

とはいえ、さほど難しいことはない。竜の石像に感謝の祈りを捧げ、奉納品を供えるのみで、そう時間もかからず終わるだろう。

「本当は俺も行きたいところだが……これに関してはしかたがないな」

竜の子誕生の報告を皇后がするのは理由がある。『自分の子と同じように竜の子を愛す』と、時の皇后が誓いを立てたのが始まりだ。それからというもの、竜の子が誕生するとその時代の皇后が寺院へ赴くのである。

「皇后が祈りを捧げると、竜の子は無事に産まれると言い伝えがあるそうです。皇太后様に教えていただかなければわかりませんでした」

「……あの人は、俺が番を決めるのをずっと待っていたのかもしれない」

皇后の役目を引き継ぐ。この一心で、前皇帝の逝去後も生きてきたのではないか。

自問するヴィルヘルに、アンリエットは微笑みかけた。

「でしたら、まだまだ長生きしていただかないと。わたくしは、皇太后様にまだ教えていただくことがたくさんありますもの」

「ああ。……せめて、俺たちの子が生まれるまでは見届けてもらいたいものだ」

「ええ、わたくしもそう思っています」

いずれアンリエットも子を孕む。産まれた暁には、皇太后に赤子を抱いてもらいたいとひそかに願っている。

「皇太后様の分も、石像に祈りを捧げてきますね」

竜の子誕生に心が浮き立ち、未来への希望に満ちあふれていた。

皇后の役目を果たしに寺院へ向かう当日、城の中がにわかに慌ただしくなった。

アンリエットが初めての公務で、城の外へ出るためではない。国境より緊急連絡が届いたからだった。

現在、バッヒンガー公爵が治める西部地区で中規模の戦闘が行なわれており、騎竜兵の出動要請があったのだ。

「以前、話に聞いていた犯罪集団が仕掛けてきたのかもしれない。すぐに戻るから心配しなくても大丈夫だ」

「……はい。お戻りをお待ちしていますね」

「おまえも今日は初めての公務だ。念のためにこれを持っていろ」

ヴィルヘルムから手渡されたのは、銀製の小さな笛だった。

「これは……たしか、竜笛でしたよね」

「もしも何かあったときは、この笛を吹けばいい。近くにいる竜たちが助けになるだろう」

「ありがとうございます」

稀少な品を託され、身の引き締まる思いがする。小さな笛を手のひらに握り込むと、ヴィルヘルムに優しく抱きしめられた。

「気をつけて行け」

「……ヴィルヘルム様も、道中お気をつけて。無事に役目を果たしてまいりますね」

無事に任務が終わることを祈りつつ、ヴィルヘルムを見送った。

本当は城門まで行きたかったところだが、アンリエットにとっても初の公務だ。準備に時間も要するため、我儘《わがまま》は言えない。

(わたくしはわたくしで、自分のできることをやらないと)

気合いを入れたところで、ドレスを持ったネリーが現れた。

「本日のご公務先は寺院ですし、華美な装飾などはないほうがよろしいかと存じます。こちらのドレスでしたら簡素なデザインですし、場所柄にも合っているかと」

「ええ、そうね。動きやすそうだし、ネリーの選んだドレスにするわ」

ドレスが決まるとネリーのほかにも侍女が部屋に入り、手際よくドレスの着付けや化粧を施してくれる。

(……大丈夫よね)

自分の公務については心配していない。落ち着かないのは、ヴィルヘルムがそばにいないせいだ。それも、戦闘地域へ向かったのだから、どうしても心配してしまう。

「失礼いたします」

部屋に入ってきたのはエルシャだった。アンリエットの傍らまできた彼女は、気遣わしげな眼差しを向けてくる。

「先ほど陛下は、騎竜兵と出立《しゅったつ》いたしました」

「そう……」

無意識に窓の外に視線が向くも、ヴィルヘルムや竜の姿を見ることは叶わない。ついため息を零すと、エルシャは「大丈夫です」と力強く言い放つ。

「陛下は戦場で負けたことがないお方です。アンリエット様が生まれる前から、シリル様とご一緒に戦ってこられました。それに今回は、公爵閣下もおいでです」

バッヒンガー公爵もまた、ヴィルヘルムと同様に軍功を多く立てている。ただ今回の場合、敵の総数が多いのだとエルシャは語る。

「公爵閣下が従える軍は、強さは申し分ありません。ただし、少数精鋭なので数で押されると苦戦する場合があります。だから援軍を頼んだのでしょう」

「状況を知ることができるのは嬉しいけれど……わたくしに話してもよかったの？」

気になって尋ねたが、エルシャからは「問題ありません」と返ってくる。

「アンリエット様がお知りになりたいと思ったので、陛下に直接尋ねました。もちろん、お話することに対して許可は取っております」

「ありがとう。あなたが専属護衛でよかったわ」

他国出身の皇后であるアンリエットのために教師を引き受け、情報を持ってきてくれた。彼女がいなければ、帝国での暮らしはもっと過酷になっていただろう。今では体力作りの運動にも付き合ってくれている。もう彼女がいない生活は考えられないほどだ。

エルシャが「光栄です」と恭しく頭を下げたとき、部屋の扉がノックされた。

「馬車の用意が調いました」

「今行くわ」

ドレスは完璧だし、化粧も終えている。あとは、寺院で石像に祈るのみだ。

アンリエットが立ち上がると。ネリーが扉を開いた。

寺院へ向かう顔ぶれはそう多くない。専属護衛のエルシャと数名の騎士である。馬車一台分の奉納品を運ぶ使用人含め、総勢八名で出発した。

皇都の外れにある寺院には、〝始まりの竜〟が埋葬されている。由緒ある建造物で、皇室とも縁が深いという。前皇帝時代は一年に一度奉納品を持って訪れたというが、ヴィルヘルムが即位してからは、一度も行っていないようだ。

馬車にはエルシャが同乗した。外には騎乗した騎士が二名、馬車を守っている。帝国へ来てから城の外に出るのは二度目だから、つい窓の外の光景を確認してしまう。

「皇都は活気があり見るところも多いのですが、今日はそちらではなく反対側に向かいます。

陛下にお願いすれば、お忍びで遊びに行けるかもしれませんね」

「それはいい考えだわ！　エルシャは皇都に出かけたりしないの？」

「情報収集目当てでたまに行きます」

エルシャはいつになく積極的に話しかけてきた。おそらく、アンリエットが塞ぎ込まないようにとの気遣いだ。

(今日が公務でよかった。お城にいたら、ヴィルヘルム様のことばかり考えてしまうもの)

今は自分にしかできない役目が与えられている分、気を張っている。常に移り変わる馬車の外の景色も、気分を変えるのに役立っていた。

(ヴィルヘルム様の治めるこの地は、本当に美しいわ)

皇都の道は舗装されていたし、街並みも整備されている。計画的に建築された建物も多く散見し、治政の安定を窺わせた。

「アンリエット様、寺院が見えてまいりました」

エルシャの声でそちらを見ると、歴史を感じさせる建物が視界に入る。特徴的な尖塔《せんとう》で、一度目にすれば忘れられない建築物だ。

やがて寺院の敷地に入ると、くすんだ色の長衣を身につけた人々が行き交っている。エルシャによると、使徒と呼ばれこの場で働いている人々らしい。

「王国とはまた違う雰囲気だわ」

「帝国内でも、この寺院は独特だと思います。ほかの宗派とは熱量が違うといいますか……」

話しているうちに、馬車が寺院の前に到着した。

外には位の高いであろう使徒が数名、こちらへ向かって頭を垂れている。アンリエットは馬車の扉が開くとエルシャにエスコートされて降り立った。

「出迎え大義です。まずは、皇室より心ばっかりの奉納がございます。お納めくださいませ」

「お心遣いに感謝いたします。久方ぶりの皇室からのおとないに心が躍る思いです」

年嵩の男性使徒はにこやかに笑い、アンリエットを寺院の中へと促した。

建物内部は古いものの、始まりの竜が祀られているだけあり美しかった。公務でなければ、じっくりと観賞したいところだ。

ステンドグラスから射し込む光をたっぷり浴びながら歩を進めると、ここまで案内をしてくれた使徒がある扉前で足を止めた。

「ここからは、皇后陛下おひとりでお進みください」

「わたしは、皇后陛下の専属護衛だ。いつ何時でも離れるわけにはいかない」

「そうは申されましても、決まりですので」

「エルシャ、わたくしなら平気よ。ひとりで入るわ」

祈りを捧げるだけで、何も危険なことはない。ここで揉めては、寺院との関係も悪くなる。

そう言い含め、ひとりで扉の中に入る。中は薄暗く、あまり周囲の状況が把握できないが、部屋の中心部に石像があることだけは確認する。

（この石像が、始まりの竜……）

厳かな気持ちで石像に近づいた、次の瞬間――。

「きゃあああっ……!?」

床が突如消え、アンリエットの身体は闇の中へと落下した。

気づいたときには固い地面に打ち付けられていた。背中や腕、足が痛んで、しばらく立ち上がれずに小さく呻《うめ》く。

（いったい何が起きたの……？）

この建物はすべて石床でできていた。簡単に壊れる代物ではないし、人為的な装置で床が割れたような印象を受ける。

今いる場所は、元にいた部屋から一階下、つまり、アンリエットは地下に落とされたのだ。

「誰かいませんか……！」

声を張り上げたが、なんの反応もない。ぽっかりと開いた床から、上階の天井が見えるのみだった。

アンリエットが落ちたとき、かなり大きな音がしたはずだ。それなのに誰も様子を見にくる気配すらないのは、不測の事態が起きた可能性がある。

(自力でここから這《は》い上がるのは無理だわ。助けを待つか、それとも移動するべき……?)

地下は明かりもなく、どの程度の広さなのかもわからない。無闇に動くのは危険だが、このままここにいていいのかと不安もあった。

「誰か……っ」

ふたたび上階へ向かって叫んだとき、石床をかき鳴らすように複数人の足音が響き渡る。

「アンリエット様……お逃げください……ッ」

「エルシャ……!?」

姿は見えないが、上階から切迫したエルシャの声が聞こえてきた。しかも、剣を交える独特の音も混じっている。一気に緊迫感が高まり、知らずと足が震えてくる。

「何があったの? エルシャ……!」

手足の痛みを堪えて立ち上がり、目を凝らして耳を澄ませる。しかし聞こえてくるのは鋭い剣戟《けんげき》の音と複数の男たちの咆哮《ほうこう》だった。

(逃げないと……!)

エルシャの安否は気になるが、彼女が叫んだ言葉を無視するわけにいかない。

アンリエットは手探りでその場から歩き始めた。手を伸ばして壁に触れると、壁伝いに進んでいく。

いったい何が起こったのか、状況がまったく把握できない。確かなのは、エルシャが襲撃を受けているらしいこと。そして、アンリエットを逃がそうとしていることだけだ。

（つまり、誰かがわたくしを害そうとしている……）

ぞくりと背筋が凍り付く。

誰がなぜ——今はそれよりも、まず身の安全を確保しなければならない。なぜならば、アンリエットの身に何かが起きれば哀しみ嘆く人がいるからだ。

『おまえと出会う前の俺は、どうやって生きていたんだろうな』

ヴィルヘルムの言葉が脳裏を過る。

彼を悲しませることはあってはならない。少しずつ互いを理解し、これから未来へ向けてともに歩んでいくと決めている。

だが、それも命があってこその展望だ。仮にここで傷つき斃《たお》れることになれば、すべては夢想で終わってしまう。

（絶対に、ヴィルヘルム様のもとへ帰ってみせる）

誓いをこめて胸に手をあてる。すると、指先に硬い何かが触れた。

「あっ……」

それは、ヴィルヘルムから預かった竜笛だった。

大切にしまっていたそれを取り出したアンリエットは、そっと口に咥えると吹いてみた。

やはり音は聞こえない。だが、竜だけに聞こえる音色が出ているはずだ。

何もしないよりは、助けがくる確率が上がる。暗闇の中で足を進めながら、必死に前向きな思考を繰り返す。

(死を待つばかりだったわたくしが健康になれたのだもの。これくらいの危機なんてどうってことないはずよ)

自らを鼓舞して歩いていくと、前方にかすかな光が見えた。

「あれは……扉……?」

光は扉の隙間から漏れ出ているようだった。

もしかして外に出られるかもしれない。そうすれば、助けを呼べるはずだ。

「待っててね、エルシャ」

無事を祈りながら足を進めていたときである。

(なに……?)

背後から複数の足音がして振り向けば、灯火器を持った男たちがこちらへ向けて駆けてきた。

「いたぞ！　捕まえろ……！」

その声を契機に、アンリエットは力の限りを振り絞って走り出した。

＊

バッヒンガー公爵領の砦にて戦闘に参戦したヴィルヘルムは、シリルとともに一騎当千の働きを見せていた。

地上に降り立ったシリルが尾で敵を薙ぎ払う。人間がまるで小石のごとく方々に吹き飛ばされ、次々に戦闘不能に陥った。それでも果敢に竜に斬り掛かる猛者もいたが、シリルの鱗に傷ひとつつけられない。前足を振り上げたシリルから逃げる術もなく、一瞬後には押しつぶされることになった。

一方ヴィルヘルムは、長剣を手に次々敵を斬り伏せる。周囲に屍を築くその姿に味方からどよめきが広がった。

いくら数で攻めてこようと、戦闘能力はレーリウスの軍人に敵《かな》うはずがない。クロイツベルクとその部下と連携しばらく経つと、戦況はこちらに傾いていた。

「わざわざ来てもらって悪かった」

砦を攻めてきた敵をあらかた片付け終えたころ。クロイツベルクに声をかけられたヴィルヘルムは、「構わない」と応じると地面に倒れている敵を見遣った。

「ならず者でも数が揃えば脅威になる。だが、叔父上がここまで苦戦するのも珍しいな」

「ただの戦闘であればこの程度蹴散らせる。今回は、領地に入り込んだこいつらの仲間がいてな。内側から手引きして、砦を攻め落とそうとしたんだ」

「……賊が侵入したのか」

「普段は人の出入りは徹底している。ただそいつらは、帝国の寺院が発行した通行証を持っていた。だから難なく入り込めたんだよ」

「なに？」

帝国で寺院といえば、そう多くはない。そのうちのひとつが、今日アンリエットが訪れる場所だった。

「なぜ寺院が通行証を……」

「こいつらを尋問したが、寺院との間で金銭のやり取りがあったらしい。寺院は通行証を発行する代わりに、こいつらから金を受け取っていた。とんだ使徒様がいたものだ」

「つまり、寺院は金のために帝国内部に犯罪者を引き入れようとしたわけか」

寺院の運営は基本的に寄付で賄われている。だが、すべてを寄付だけに頼っているわけではなく、国からも援助が出ている。特に、竜を祀っている寺院には手厚い保護を行なっていた。

「寄付や援助だけでは足りずに、犯罪者から金を得ていたのか」

憤りとともにヴィルヘルムが吐き出すと。クロイツベルクが同意する。

「寺院や信仰が悪いわけではなく、そこに集う人間が悪さをする。……寺院にいる使徒を警戒したほうがいい」

「ああ、そのつもりだ。帝国の安全を脅かす行動だからな」

頷いたヴィルヘルムが、シリルへ視線を向けた、次の瞬間。

『グギュゥゥゥ……——ッ』

これまで聞いたことのない声で、シリルが鳴いた。

胸がかき毟《むし》られそうな悲痛な叫びが辺りに響き渡る。驚いたヴィルヘルムがシリルのもとへ向かうと、焦ったように翼を大きく広げた。

「何かあったのか？」

シリルから返答はない。だが、いつにない様子を見たヴィルヘルムは、すぐさま竜の背に乗ってクロイツベルクへ告げる。

「叔父上、あとは頼んだ。俺はひとまず皇都へ戻る！」

言葉が終わると同時にシリルは翼を羽ばたかせ、空へ飛び立った。

*

何者かに追いかけられたアンリエットは、急いで光の見える方向へと駆けた。

背後からは灯火器の明かりがどんどん近づいてくる。何者かはわからないが、捕まるわけにはいかないと必死だった。

(あと少し……！)

ようやくたどり着いて壁をまさぐると、光はやはり扉の隙間から漏れていた。手に触れた取っ手を勢いよく回し、体当たりするようにして開け放つ。

「ここは……」

扉を開けた先は森の中だった。寺院とは地下道で繋がっていたようだが、土地勘のないアンリエットはどちらへ逃げていいかわからない。

しかし、地下にいるよりも逃げられる範囲は広がる。とにかくこの場を離れようと闇雲に走ったが、追いかけてくる男たちに声がすぐそこに迫ってきた。

「待て！　おまえの護衛がどうなってもいいのか⁉」

「っ……！」

エルシャの顔が思い浮かび、足の動きがわずかに鈍る。

「あっ……！」

気が逸れたせいで木の根に足を引っかけてその場に倒れ込むと、すぐに男たちに追いつかれてしまった。アンリエットを取り囲むように立ちはだかっているのは、灰色の長衣を着た男三名。その服装から、寺院の使徒であるのは間違いなかった。

「あなた方は、わたくしが皇后と知ってこのような真似をするのですか？」

毅然と立ち上がったアンリエットが、男たちを見据える。しかし男たちは、「他国の女が国母になれると思っているのか」と嘲笑した。

「おまえさえいなければ、陛下は跡継ぎを儲けられない。皇帝ローランの誕生だな」

「ローラン殿下が皇帝になれば、我らにとって都合がいいのだ」

使徒たちの身勝手な言い分が腹立たしい。竜笛を握り締めると、男たちから距離を取るべく少しずつ後退する。

「……寺院は、わたくしが他国の者だから気に入らないということ？」

「我らはそのようなことどうでもいい。気にしているのは一部の貴族だ。やつらは血筋を何よりも重要視するが、我らからすれば愚かなことよ。この世で大事なのは、血筋でも信仰でもない。金があればよいのだ」

断片的な情報から導き出された結論は、寺院の使徒がヴィルヘルムの治政を乱し、ローランを皇帝に祭り上げようと画策していること。そのために、番のアンリエットを排除しようとしていることだ。

アンリエットは大きく息を吸い込み、それを吐き出す。

手の中にある竜笛だけが心の拠《よ》り所だ。けれど、シリルやカイエ以外の竜を知らないうえに、ほかの竜が自分の呼びかけに応えてくれるかもわからない。

「おまえを葬れば、我々には金が入る。帝国民は、他国出身の皇后を迎え入れずに済む。どちらにとってもいい話ではないか」

帝国は過去の出来事から排他的になった。しかしそれでも、ヴィルヘルムと自分の出会いが間違っていたとは思わない。

「誰がなんと言おうと、わたくしはレーリウス帝国皇帝ヴィルヘルム様の唯一の番。その矜持にかけて、卑劣な行いに屈することはないわ」

堂々と宣言すると、アンリエットはふたたび竜笛を吹いた。

（お願い、応えて……！）

なんとしてもこの場を切り抜け、エルシャを助けなければならない。ヴィルヘルムのためにも、絶対に無事でなければならないのだ。

心の中で祈り、竜笛を吹き続けていると、使徒が近づいてきた。

「おとなしくこっちへ来い！」

男の手が伸びてくる。とっさに身を翻したアンリエットは、刹那、信じられない光景を目にして立ち尽くす。

（あの光は……！）

寺院のある方角から空へ向かって光の柱が伸びていた。初めて目にする不思議な現象は、神々しさがある。さすがの使徒たちも驚いたのか、そちらへ意識を向けていた。

だが、それもわずかの間のことだった。

刹那、地面から轟々《ごうごう》と重低音が響いたと思うと、大きく揺れ始める。

「うわっ……」

「なんなんだ、いったい！」

男たちは動揺し、その場から動けなくなった。すると今度は、突然頭上を影が覆う。

振り仰げば、巨大な竜が上空を旋回していた。雄大なその姿が視界に広がると、アンリエットのまなじりに涙が浮かぶ。

（本当に……来てくださった……）

皇帝ヴィルヘルムが、竜の背に乗って現れた。

上空で巨体を廻《めぐ》らせていたシリルは、刹那、勢いをつけて下降する。木々をなぎ倒して着地すると、土煙の舞う中ヴィルヘルムが地上へ降り立つ。

「ヴィルヘルム様！」

「くっ、なぜここに皇帝が……！」

「まずい、逃げるぞ！」

ヴィルヘルムは誰の目にも明らかなほど怒りを湛えていた。彼の発する怒気で、空気が震えているような気さえする。

「俺の番に手を出して命があると思うな！」

地を這うような低音で咆《ほ》えたヴィルヘルムは、素早く剣を抜いて構えると、目にも留まらぬ早さで三人の使徒を切り伏せる。

「ぐっ！」

「うわぁっ！」

短く呻いた使徒たちは、木切れのように地面に転がった。

あっという間の出来事で茫然《ぼうぜん》としていると、剣を収めた彼が駆け寄ってくる。

「おまえにもしものことがあったらと思うと、生きた心地がしなかった……！」

痛いくらいに強く掻《か》き抱《いだ》かれ、ヴィルヘルムがわずかに震えていることに気づく。

「ヴィルヘルム様……ありがとうございます。助けてくださると信じていました」

彼の背中に腕を回して温《ぬく》もりに包まれると、自然と涙が零れた。この腕の中が自分の帰る場所なのだと、改めて自覚するアンリエットだった。


その後、ヴィルヘルムが事後処理で忙《せわ》しなく動いていたため、アンリエットが事の顛末《てんまつ》を聞いたのは七日後のことだった。

部屋でふたりきりになると、彼は寝台の上に座り、背中から抱きしめてきた。ヴィルヘルムの胸に背を凭《もた》れさせる体勢になったところで、説明が始まった。

「使徒を利用してアンリエットに危害を加えようとしていたのは、ローランを支持する派閥の家門だ。保守的な考えで、俺が他国から番を迎えることを快く思っていなかった」

彼らはアンリエットを亡き者にし、ヴィルヘルムを皇帝の座から引きずり下ろそうと企んだ。以前から火種は燻《くすぶ》っていたが、決定的になったのは皇后のお披露目パーティだという。

「おまえに対する俺の態度を見て、危機感を抱いたらしい。かつての狂帝を思わせる、と。それについては俺も思うところがある。だからといって、やつらの罪を減じたりはしないが」

皇帝の后を害そうとしたうえ、皇帝に刃向かったのだ。帝国法に則《のっと》り、爵位の剥奪《はくだつ》と当主の斬首が決まっている。

　そして寺院の使徒たちもまた、奸計《かんけい》を巡らせていた。

　使徒の目的は、自分たちで語っていたように金だった。寺院を私物化し、寄付金を横領して私腹を肥やしていたという。国境の砦を襲ったならず者たちからも金を受け取り、帝国内へ入れるよう便宜を図っていたのだ。

「帝国内に入った犯罪者が窃盗や密売で得た金が使徒に渡り、使徒は犯罪者が捕まらないように上手く手引きをしていた」

　私利私欲に駆られた使徒は、寺院の寄付金を横領するのみならず、犯罪者と繋がっていた。帝国を危機に晒した罪は重く、事件に関わったすべての使徒は極刑を言い渡されている。

「人は、いつの時代も愚かなものだな。かつて竜の子や皇帝の番を拐かそうとしたのは他国の民だったが、今回は帝国民が事件を引き起こしている。他国の人間を排除しようとした結果がこれなら、人間は救いようがない」

　たしかに皮肉とも取れる結末だった。ヴィルヘルムからすれば、失望して当然だ。

　それでも、救いのあった出来事もある。

「エルシャが無事で何よりでした。彼女がいなければ、逃げるのが遅れて使徒に捕まっていたかもしれません」

アンリエットが地下に落ちたとき、異変に気づいたエルシャは部屋に踏み入ろうとした。ところが邪魔が入った。数名の武装した使徒に取り囲まれ、行く手を阻まれる。

交戦しつつ扉を蹴破ったエルシャは、交戦しながらアンリエットを逃がすと、外で待機していた騎士に応援を頼んだ。

武装した使徒を制圧し、事件発生をレーリウス城へ連絡。その後、行き先不明のアンリエットの捜索を開始したのだと彼女自身から説明されている。

エルシャは主を危険に晒したことをたいそう悔やんでいた。『今後はさらに鍛錬し、いかなる場所へもお供いたします』と宣言されている。

「俺は……おまえが無事でさえいてくれればほかに何も望まない」

アンリエットの肩に顔を埋め、噛み締めるように囁くヴィルヘルム。そうとは見えずとも、この一件で彼もそうとう疲れているはずだ。

「わたくしも、ヴィルヘルム様のもとへ戻ることを第一に考えていました。預かった竜笛を吹き、必ず竜たちに願いが届くと信じていたのです」

必死で逃げていたときを思い出すと、いまだに背筋が凍る。けれど、前向きでいられるのは、ヴィルヘルムや周囲の人たちがいてくれるからだ。

「……そうそう、この事件で一番驚いたのは……」

「そろそろ話はしまいにして、夫婦の時間を過ごしたい」

言いながら、ヴィルヘルムはアンリエットの夜着を脱がせ始めた。

はだけた肩に口づけを落とし、乳房を両手で揉み込まれる。彼にこうして触れられるのは久しぶりで、ドキドキと鼓動が高鳴った。

ヴィルヘルムは指で乳首を捏《こ》ね、時折強くひねってくる。そのたびに身体が揺れてしまい、下腹部が熱く潤んでいく。

(こうして過ごせることは、当たり前ではないのだわ)

ヴィルヘルムと出会い、番となり、深い愛をもらっている。それは奇跡とも呼べる関係で、一生を懸けて守っていきたい居場所だった。

「ずっとおまえに触れたかったし、抱きたくてたまらなかった」

「あ……んっ」

下腹部の誓約紋に触れた彼は、そのまま指先で割れ目を暴く。すでにうっすらと濡れたそこは、彼の愛撫を悦んで受け入れている。

花弁を擦り立てられ、ぬちぬちと淫らな水音が響いている。自分が感じていることを知られるのはいまだに慣れないが、ヴィルヘルムから与えられる快感には抗えない。

「もう少し足を開け」

「ンッ……」

命じられるまま膝を開けば、蜜孔に指を挿入された。

「ゃあ……ンンッ」

「おまえはここを弄《いじ》ると、ことさら反応がいい」

肉筋に埋もれた花蕾を揺さぶられ、びくびくと腰が跳ねる。どうしようもなく胎内が疼き、早く彼がほしいと叫ぶかのように愛液が滴っていた。

指が出し入れされると、蜜孔がぎゅっと窄《すぼ》まる。けれど、指では届かない場所が熱を持ち、連動するように誓約紋を濃く浮かび上がらせている。

「気持ちよさそうだな。おまえが感じていると、俺も心地いい」

「ふ、ぁ……っ」

左手では胸に、右手では恥部に、それぞれ違う刺激を与えられ、ただひたすら嬌声を上げるしかできない。

彼の愛撫に酔いしれているうちに、気づけば一糸まとわぬ姿にさせられていた。何をされても愉悦に変換され、彼になされるがまま胎内が昂ぶっている。

ヴィルヘルムは自身の襯衣を脱ぎ去ると、アンリエットの背中にのし掛かった。秘裂に彼自身を押し当て、ぬるぬると擦り合わせる。

互いの性器が触れるだけで愛液が吹《ふ》き零《こぼ》れ、内壁がうねっていた。

「アンリエット、愛している」

「わ、わたくしも……ああ……っ」

愛の言葉を最後まで伝えられぬうちに腰を抱き込まれると、肉棒を突き刺された。最奥まで侵入してきた彼の昂ぶりに身を震わせ、最愛の人と繋がる悦びを噛み締める。

アンリエットの目に喜悦の涙が浮かんだとき、彼が耳もとで囁く。

「この命尽きるまで、おまえを離さない」

ヴィルヘルムの宣言に、アンリエットの胎内がぎゅっと狭まった。

乳房を鷲《わし》づかみにすると、彼は激しい抽挿を開始する。腰をたたきつけられて媚肉が蠕動すれば、今度は指で乳首を扱かれた。

全身がヴィルヘルム一色に染め上げられ、何も考えられなくなる。

（わたくしはきっと、ヴィルヘルム様の番になるために生まれてきたのだわ）

そう信じられるくらいに、彼のことを愛してやまない自分がいる。

心と身体が重なる喜びに身を浸し、幸福を享受するアンリエットだった。

エピローグ

その日、石窟で弟フォラスからの手紙を受け取ったアンリエットは、さっそく封を開けて読んでいた。

内容は主に近況報告だが、今回は嬉しい知らせがあった。アンリエットの結婚式に合わせて、帝国へ来る旨が記されていたのである。

「何かあったのか？」

「ヴィルヘルム様！　弟が結婚式に出席できると連絡があったのです。ぜひ竜の子も見たいと言っていて」

「そうか、楽しみだな」

彼は優しく微笑むと、産まれたばかりの竜の子どもに目を遣った。

無事に孵化したシリルとカイエの子は、雄が『アスラ』、少し遅れて産まれた雌は『ククリ』と名付けられた。現在、幼竜は、すくすくと順調に育っている。あと数年経てば、親竜と一緒に空を飛ぶ姿が見られるようになるだろう。

「ふふっ、今日もアスラはよく眠っていますよ」

「おまえは、すっかり竜たちの世話係が定着してしまったな」

ヴィルヘルムが苦笑を浮かべると、シリルが石窟に入ってくる。

『あっ、ヴィル！　アンリも！』

「おかえりなさい、シリル」

アンリエットはシリルの傍らへ歩み寄り、首を撫でてやる。

使徒による事件が寺院で起きて以来、大きく変化したことがひとつある。

それまで竜と感覚で会話をしていたが、事件以降シリルと言葉を交わすことができるようになったのである。

突然起きた想定外の出来事に、ヴィルヘルムもさすがに驚いていた。

しかし、シリルによれば、特に驚く事態ではないようだ。

『〝始まりの竜〞が、アンリの祈りに応えて加護をくれたんだよ。もともと僕の祖先は人間と話していたみたいだし、僕が話せてもおかしくないでしょ』と機嫌よさげに語っていた
あのときアンリエットが吹いた竜笛の音は、〝始まりの竜〞に届いた。その結果、〝始まりの竜〞の力が顕現し、古き友の末裔へ加護が与えられたのだとシリルは言っている。

身体が衰弱していた皇太后は、近年ではまれなほど体調がいいという。ローランはというと、先ごろ番が見つかり、婚約が控えている。

ヴィルヘルムは一見して変化は見られない。ただ、以前のように、自身に流れる狂帝の血を恐れることはなくなった。

それが一番大きな加護だとアンリエットは思う。

「アンリエット、そろそろウエディングドレスの試着をする時間だ」

「あっ、そうでしたね」

帝国へ嫁いでいろいろあったが、やっと結婚式を迎えることができる。

「おまえなら何を着ても似合うから選びがたいな」

『それなら僕が選んであげてもいいよ』

「おまえに頼むくらいなら、ドレスの候補はすべて購入する」

彼は本気でそう思っているらしく、悩ましげに眉根を寄せている。

アンリエットは賑やかな会話を微笑ましく思いながら、未来永劫《みらいえいごう》変わらぬ光景であるようにと願っていた。

あとがき

蜜猫F文庫では初めまして。御厨翠と申します。このたびは、『番の加護を刻まれて竜帝陛下に嫁いだら、激重な愛が待ってました』をお手に取ってくださりありがとうございます。

今作は、竜の加護を持つヒーローが、余命宣告をされたヒロインを『番』にするところから始まります。

ファンタジーテイストのある作品は初めて書きましたが、いつかまた竜の出てくる物語は書いてみたいと思っています。

イラストのウエハラ蜂先生、担当様、版元様、作品に携わって下さった皆様に感謝いたします。そして、作品をお手に取ってくださった皆様にお礼申し上げます。

いつかまた、どこかでお会いできれば嬉しいです。

令和六年・五月刊　御厨　翠

蜜猫 Mitsuneko Label F

蜜猫F文庫をお買い上げいただきありがとうございます。
この作品を読んでのご意見・ご感想をお聞かせください。
あて先は下記の通りです。

〒102-0075 東京都千代田区三番町8番地1三番町東急ビル6F
(株)竹書房　蜜猫F文庫編集部
御厨翠先生 / ウエハラ蜂先生

番の加護を刻まれて竜帝陛下に嫁いだら、激重な愛が待ってました

2024年5月29日　初版第1刷発行

著　者　御厨翠　©MIKURIYA Sui 2024
発行所　株式会社竹書房
〒102-0075
東京都千代田区三番町8番地1三番町東急ビル6F
email : info@takeshobo.co.jp
https://www.takeshobo.co.jp
デザイン　antenna
印刷所　中央精版印刷株式会社

冷酷と噂の公爵閣下と婚約破棄された悪役令嬢のしあわせ結婚生活
御厨 翠
Illustration Ciel
今は俺を好きでなくてもいい。
これから好きにさせてみせる

王太子と親しい男爵令嬢をいじめたと冤罪を着せられ婚約破棄されたベアトリーセは、軍人として名高いバルシュミーデ公爵ウィルフリードに求婚されそれを受けることに。彼には王太子に乱暴されかけたときに助けられたことがあった。「あなたの美しさは芸術的だ。触れれば壊してしまいそうで怖いな」美しく凜々しい夫に溺愛され幸せなベアトリーセ。だがウィルフリードの留守に彼に恨みを抱く賊が弱みを突こうと襲ってきて!?

蜜猫文庫